Sympathie de la nuit

Stéphanie Genand

Sympathie de la nuit

suivi de

Trois nouvelles inédites de Germaine de Staël

Flammarion

Ouvrage publié sous la direction d'Élisabeth Samama

ISBN : 978-2-0815-0785-2

Sympathie de la nuit

Tout a commencé par une découverte : la lecture, par hasard, de trois textes inconnus de Germaine de Staël. Je me pensais pourtant à l'abri des surprises : voilà plus de dix ans maintenant que j'explore l'univers de cette femme. Que je parcours son œuvre, ses documents intimes, son roman familial ; que j'analyse sa pensée morale et politique ; que j'écoute sa langue, tente de ressaisir sa voix à jamais disparue ; que j'arpente enfin sa géographie, sans doute parce qu'elle rejoint en partie la mienne, à mi-chemin entre la France et la Suisse. Je suis née dans une ville frontière, au cœur d'un département haut-savoyard qui n'a rejoint que tardivement le territoire national. Une marge dont il me plaît à penser aujourd'hui qu'elle entre peut-être en résonance avec la trajectoire de Germaine de Staël. Cette dernière naît certes à Paris, en plein cœur du Marais, le 22 avril 1766. Mais par une suite de douloureuses circonstances et des choix en grande partie dictés par l'histoire mouvementée de son époque, puisqu'elle traverse la chute de l'Ancien Régime, la Révolution française et l'Empire, elle passe sa vie entière entre la France et la Suisse : entre Paris, lieu de toutes les attractions, et Coppet, petite ville non loin de Lausanne, au bord du lac Léman, où son père achète en 1784 un château aujourd'hui encore demeure familiale. L'univers de Germaine de Staël invite d'emblée à un itinéraire transfrontalier ; à un voyage, sans cesse recommencé, entre les salons de la capitale et l'oxygène salutaire qu'on respire « au pied des Alpes », pour reprendre une formule récurrente de sa correspondance.

La libre pensée

Pendant dix ans, j'ai progressivement traversé les différentes strates de sa postérité. Qui est Germaine de Staël ? Aujourd'hui encore, pour beaucoup d'entre nous, elle reste une personnalité un peu intimidante. Avant de lire son œuvre, c'est une femme singulière qu'on rencontre : indépendante – elle a consacré sa vie à la liberté, la sienne comme celle de l'Europe –, voire offensive, tant son aura d'« opposante à Napoléon » immortalise le combat sans relâche qu'elle a mené contre toutes les formes d'autoritarismes, aussi bien politiques que culturels. Germaine de Staël est une résistante, dirions-nous aujourd'hui ; une libérale, dans la langue de son époque. Le terme désigne alors les partisans enthousiastes de la liberté. Ceux pour qui elle représente une valeur sacrée, à défendre coûte que coûte contre les préjugés et les conservatismes qui la menacent d'autant plus qu'elle vient à peine de faire irruption dans l'histoire. Que pèse la fragile liberté face à quinze siècles de féodalité et de monarchie absolue ? Que pèse l'égalité quand l'immobilisme social et la concentration des privilèges entre les mains d'une minorité ont fini par devenir la norme de l'Ancien Régime ? Le rapport de force, en cette fin du XVIIIe siècle, reste très largement en faveur du passé. L'injustice a régné trop longtemps pour disparaître sans provoquer de violentes crispations, ni décupler les passions qui scindent politiquement la France en deux camps : les libéraux, qui approuvent la Révolution, et les ultras, nostalgiques de l'autorité absolue. Entre les deux, plusieurs nuances de progressisme et de réaction composent l'échiquier complexe du monde d'après. Tout reste donc très polémique après la chute de la Bastille et, dans ce contexte houleux, Germaine de Staël embrasse sans hésiter la cause du progrès. Qu'il se nomme « constitution », « liberté », « égalité » ou « perfectibilité », pour reprendre le concept dont elle fait l'étendard de sa pensée en 1800, le nouvel ordre doit consacrer la raison, mais aussi l'équilibre des pouvoirs et le partage des richesses. Germaine de Staël, très jeune déjà, a lu tout Montesquieu. Elle y puise une vigilance critique et l'idéal d'une modération qui guident constamment sa pensée en cet instant, vertigineux, de fondation du monde moderne. Germaine de Staël : un nom célèbre, vite devenu un slogan des Lumières.

On découvre alors une œuvre qui impressionne à son tour. L'opposante est aussi une auteure atypique qui s'illustre essentiellement dans le genre du traité. *De l'influence des passions sur le bonheur des individus et des nations* (1796), *Des circonstances actuelles qui peuvent terminer la Révolution et des principes qui doivent fonder la République en France* (1798), *De la littérature considérée dans ses rapports avec les institutions sociales* (1800), *De l'Allemagne* (1810) : la formule savante des titres, empruntée au latin, souligne l'ambition philosophique d'une production avant tout soucieuse d'analyser un problème politique, moral ou esthétique. À rebours des codes genrés de son époque, Germaine de Staël revendique une volonté de penser. Refusant de se voir assignée au romanesque, ni au registre sentimental traditionnellement concédés aux femmes comme seuls territoires légitimes, elle affiche une œuvre en grande partie théorique et que complètent encore plusieurs brochures politiques dont les titres exhibent eux aussi un geste intellectuel : *Réflexions sur le procès de la reine* (1793), *Réflexions sur la paix intérieure* (1795). Son livre testamentaire publié un an après sa mort, en 1818, s'intitule *Considérations sur les principaux événements de la Révolution française.* Raisonner, mettre à distance les émotions, s'affranchir des circonstances pour examiner ce qui, même au cœur du présent, nous bouleverse : c'est le sens de ce qu'elle appelle « considérer ». Envisager à froid, en faisant abstraction des affects et de notre personnalité, pour devenir l'observateur lucide de ce qui sidère d'abord la pensée. « Mon ambition serait de parler du temps dans lequel nous avons vécu, comme s'il était déjà bien loin de nous », écrit-elle au début de ses *Considérations.* En 1798, *Des circonstances actuelles* annonçait déjà : « Je considérerai les principes en eux-mêmes et non les horribles circonstances qui ont accompagné leur adoption prétendue ». Difficile de trouver un éloge plus manifeste de la clairvoyance et de la raison.

Cette exigence se retrouve dans les tableaux qui représentent Germaine de Staël. Tous peints entre 1770 et 1820, ils nous ont familiarisés avec un visage au regard vif, orné de cheveux bruns et où toute l'Europe du XIXe siècle identifie une allégorie de l'esprit féminin – celui des salons et de la conversation. Jean-Baptiste Isabey, Firmin Massot ou François Gérard choisissent tous de rendre hommage à l'extraordinaire talent de Germaine de Staël pour la parole. Ces mots livrés dans l'arène mondaine, aussitôt saisis et qui permettent de réfléchir en préservant la vivacité et la légèreté de la pensée, elle sait mieux que quiconque s'en emparer. De l'avis de tous, sa conversation charme et même électrise des auditeurs grisés d'avoir vécu plus intensément en l'écoutant ou entraperçu à ses côtés, l'espace de quelques heures, des hauteurs morales insoupçonnées. Cette salonnière inspirée, souvent vêtue d'une robe rouge sur les toiles de l'époque, s'ennuie cependant dès que la monotonie guette. Un rameau d'olivier qu'elle tourne frénétiquement entre ses mains occupe alors celle qui ne supporte pas le vide, ni la répétition, ni moins encore les propos convenus, si usés que celui qui les tient semble avoir déserté sa propre parole. L'un des portraits de cette femme de débats, passionnée jusqu'à l'intransigeance, se trouve aujourd'hui au musée du château de Versailles. L'autre, plus troublant, la situe sur les collines du Vésuve, entourée d'auditeurs émerveillés tandis qu'elle emprunte le visage de Corinne.

Ce prénom désigne la plus célèbre héroïne de Germaine de Staël. Si cette dernière n'écrit que deux romans, *Delphine* en 1802 et *Corinne ou l'Italie* en 1807, le second, aussitôt traduit, lui vaut une notoriété européenne et une identification immédiate à son personnage féminin. « Elle a donc créé un être semblable à elle, une femme qui unit le besoin du succès à une sensibilité profonde [...], l'abandon dans la conversation à cette dignité de l'âme qui commande celle des manières », écrit Albertine Necker de Saussure dans la première biographie qu'elle rédige, en 1821, en hommage à sa cousine récemment disparue. Devenir Corinne : Germaine de Staël y gagne, outre une nationalité plurielle puisque Corinne est à la fois anglaise et italienne, comme elle franco-suisse, le génie d'une parole fascinante. Non seulement Corinne captive le public, en privé ou lors des récitals organisés à Rome pour célébrer ses talents de poétesse, mais elle conjugue l'improvisation et la composition. Les mots lui viennent comme par magie, tandis qu'elle réussit à fluidifier leur flot mystérieux pour le métamorphoser en chant célébrant les grandeurs de l'Italie ou, lors des discussions entre amis, en bienveillance capable de sublimer les désaccords. Corinne maîtrise ainsi toutes les facettes de la parole adressée. Elle possède l'art d'envoûter comme celui de modérer, c'est-à-dire d'accueillir l'autre sans redouter sa différence. Du Capitole aux salons et du théâtre aux pentes du Vésuve, tout le monde écoute Corinne et Corinne a le don d'écouter.

Des ombres au tableau

Or ce génie de la parole a brusquement volé en éclats au moment de ma découverte. Plus rien n'a subsisté, non plus, de l'héritière des Lumières, ni de la disciple de Montesquieu. Le traité maîtrisé, le travail d'analyse et l'autopsie lucide du présent ont eux aussi disparu. Je pensais connaître Germaine de Staël, je n'en voyais en réalité qu'une facette. Il existe d'elle un tout autre visage : une Germaine de Staël folle ou attirée jusqu'au vertige par la folie. Qui met en scène les troubles du langage et des personnages entravés dans leurs efforts pour parler. Qui ne présente plus les résultats d'une pensée méthodique, mais la quête laborieuse d'une raison impuissante à comprendre ce qui lui arrive. Qui substitue au long traité le récit fragmentaire, voire le fait divers plongeant le lecteur au cœur des réalités de son époque.

Cette ambivalence n'est pourtant pas une vraie surprise : elle existe déjà dans la partie émergée de Germaine de Staël. Pourquoi, si elle ne doutait pas elle-même du pouvoir de la raison, s'acharnerait-elle autant à conjurer les passions ? Pourquoi aurait-elle fait de leur étude, et de l'influence qu'elles exercent sur l'individu et les nations, l'un des principaux objets de son œuvre ? Le critique littéraire avance à la manière d'un enquêteur : il soupçonne les évidences de n'être souvent que des leurres et les certitudes des faiblesses ou des protections.

Dans le cas de Staël, la volonté de maîtrise est d'emblée trop marquée. Elle mobilise une quantité surprenante d'énergie. Comme si Germaine de Staël avait passé sa vie entière à construire autour d'elle une digue par peur de se noyer. De disparaître sous une énorme vague noire, celles qui hantent ses cauchemars car aussi loin qu'on remonte dans sa psyché, les eaux profondes ne suscitent que l'effroi. « La mer me fait peur », écrit-elle dans sa correspondance le 3 juin 1812. « Si je périssais dans les flots, ma voix appellerait ces trois noms », précise-t-elle un an plus tard à ses proches, en se voyant mourir engloutie. La submersion structure son imaginaire et, avec elle, la peur de l'obscurité et des profondeurs opaques ; où l'on ne distingue plus les contours, ni les visages, ni les identités de ceux qui nous entourent ; où l'on perd pied, au propre comme au figuré. Dans la langue du XVIIIe siècle déjà, quand un personnage se ridiculise au point de se discréditer socialement, on dit qu'il est *noyé*. Prévan, ratant sa vengeance contre la marquise de Merteuil dans *Les Liaisons dangereuses*, est « un homme noyé », écrit Laclos à la lettre LXX. À croire que la hantise de l'engloutissement dessine, en filigrane des Lumières, l'une de leurs angoisses récurrentes. La métaphore que l'Europe intellectuelle se choisit pour célébrer la raison serait peut-être alors un emblème à double fond. On n'éclaire jamais qu'une infime partie du tableau : aucune lumière n'apparaît sans découper dans son sillage un cortège d'ombres, de visages grimaçants, de songes atroces tout droit sortis des pinceaux de Goya.

Il en va de même dans l'œuvre de Germaine de Staël. Je connaissais ses textes du grand jour, ceux qui sont publiés, signés, étudiés et qui ont progressivement forgé sa postérité. Voilà que je découvrais soudain ses pages de la nuit. De quoi s'agit-il ? De trois courtes nouvelles, chacune de quelques pages et qui ont pour objet la folie. Les titres l'annoncent d'emblée : *La Folle de la forêt de Sénart*, *La Folle du Pont Neuf* et *L'Imbécille d'Allemagne*. Les héroïnes, des jeunes femmes errantes et malheureuses, ont toutes perdu la raison. Leur égarement constitue même le cœur de l'intrigue. Les textes s'ouvrent, sans préambule, sur la rencontre entre un narrateur, le plus souvent un promeneur isolé, et une jeune femme qui l'interpelle et le supplie de lui venir en aide. Ces « Folles », étrangement, parlent une langue incohérente : non seulement leurs phrases sont désarticulées, inachevées ou détachées du fil de la conversation, mais leurs mots eux-mêmes restent équivoques. « Il lui ressemble », lit-on dans *La Folle du Pont Neuf*, sans qu'il soit possible de savoir qui désignent ces pronoms ; « puisque vous m'avez vue, vous allez me quitter », répète quant à elle la Folle de la forêt de Sénart, incapable d'établir un lien logique entre ses deux affirmations. Cette langue disloquée est ce qui m'a d'abord déroutée. On la trouve sous la plume de Duras ou de Claude Simon dont j'ai admiré, étudiante, l'art de mettre en voix le chaos du monde. « Les chiens ont mangé la boue » : cette phrase au début de

La Route des Flandres, banale, monstrueuse et qui surgit au milieu de la conversation, crée simultanément une image et un choc sonore. L'insensé et la violence archaïque de la guerre s'y verbalisent et engendrent, plutôt que des tableaux, des amalgames de mots aussi informes que les ténèbres au milieu desquelles se débattent les soldats.

Sous l'Ancien Régime, cette audace est plus rare. Non qu'il n'y ait pas de fous, ni de folles dans la littérature de cette époque. Ils abondent au contraire et parmi les personnages contemporains de Germaine de Staël, c'est le Neveu de Rameau qui incarne magistralement la conscience déchirée. « Vous savez que je suis un ignorant, un sot, un fou, un impertinent, un paresseux », déclare la créature de Diderot à l'ami retrouvé par hasard au jardin du Palais-Royal. Rameau, revendiquant sa déraison et qui, au fil du texte, mime, chante et imite, tel un ventriloque, le chœur des voix qui résonnent dans sa tête – il prétend répondre au « quelque chose qui est là et qui [lui] parle » –, tient cependant des propos très cohérents. Sa syntaxe, toujours maîtrisée, suscite l'admiration de son interlocuteur et ses propos, d'une rare clairvoyance, jettent même le trouble dans l'esprit du philosophe, éberlué de découvrir dans la bouche du bouffon une analyse aussi juste de la violence humaine. Nous formons, dit-il, une bien cruelle « ménagerie ». Rameau le fou déploie ainsi une langue brillante. Or ce paradoxe de l'insensé rhéteur, Michel Foucault l'a identifié comme un symptôme : alors que le XVIIIe siècle inaugure, dans son *Histoire de la folie à l'âge classique*, la répression de l'anormal et la domestication de ce qu'il appelle la « région indifférenciée du désordre », le personnage de Rameau, à la fois fou et sage, figure moins le génie que le piège pervers qui, à la veille de la Révolution, se referme progressivement sur la différence. Jadis porteuse d'une authentique vérité, cette dernière se voit désormais contrainte de se parodier elle-même face à l'autorité prétendue des gens de bien. Grotesque et ridicule, la folie de Rameau dégénère donc, pour Foucault, en une grimace inaboutie. Il lui manque l'altérité radicale, sans compromis avec le jeu social, et une langue elle aussi affranchie des codes et de l'idéal de la clarté.

Les Folles de Germaine de Staël, elles, déraisonnent en profondeur. Elles ne pactisent avec aucune règle, pas même celles de la grammaire.

Leur souffrance surgit sans fard et fait entendre un cri problématique aussi bien pour l'image des Lumières, un peu vite immortalisées par Foucault comme une épiphanie médicale, que pour l'image de Staël : comment la même plume a-t-elle pu composer *De la littérature considérée dans ses rapports avec les institutions sociales* et ces dialogues erratiques ? Comment la même voix peut-elle à la fois canaliser la subjectivité et autoriser son déploiement sauvage ? Ces questions soulèvent en amont celle du mystère qui entoure ces trois textes. Pourquoi, après dix ans de recherches universitaires, ne les avais-je jamais lus ? Commence ici le volet éditorial de mon enquête : je croyais connaître Germaine de Staël, mais voilà que l'auteure se révélait un trompe-l'œil.

L'encre invisible

Ces nouvelles n'ont jamais été publiées sous son nom. La première, *La Folle de la forêt de Sénart*, se présente même comme partiellement anonyme : on y lit, en sous-titre, « par Madame la B… de St… ». Le public de l'époque, objectera-t-on, n'a sans doute eu aucun mal à identifier, sous ces initiales, « Madame la baronne de Staël », soit le patronyme officiel de Germaine de Staël, née Louise Necker, mais qui, en se mariant avec Eric Magnus de Staël-Holstein, l'ambassadeur de Suède en France, gagne à la fois un titre et un nouveau nom. *La Folle de la forêt de Sénart* ne voit cependant pas le jour sous la forme d'un livre imprimé, mais sous celle, beaucoup plus discrète, d'un feuillet inséré, en juin 1786, dans un périodique aussi prestigieux que confidentiel : la *Correspondance littéraire*, dirigé par Friedrich Melchior

Grimm, érudit allemand expatrié en France et qui travaille, parmi ses missions, à faire rayonner les Lumières et leurs productions littéraires et artistiques à travers l'Europe. Sa revue, qui paraît une fois par an, ne compte toutefois qu'une minorité d'abonnés : les reines et les princes du continent, passionnés de culture française et qui se délectent, même plusieurs mois après l'événement, en découvrant les livres qui ont défrayé la chronique, les comptes rendus du Salon – l'exposition de peinture organisée depuis peu au Louvre – ou les anecdotes qui ont enflammé les soirées parisiennes. La *Correspondance littéraire* s'adresse donc à un public de choix, mais qui ne compte qu'une vingtaine de personnes. Difficile, par conséquent, d'envisager que la nouvelle de Germaine de Staël ait rencontré une plus large audience. Comme toutes les élites cultivées du XVIIIe siècle, cette dernière connaît évidemment le fonctionnement du journal de Grimm. Staël, en d'autres termes, privilégie à dessein une diffusion confidentielle pour *La Folle de la forêt de Sénart*. Diderot, encore lui, adopte la même stratégie pour la plupart de ses romans : *La Religieuse* ou *Jacques le Fataliste*, pour ne citer que les plus connus, ne paraissent que dans la *Correspondance littéraire* et restent ainsi, pendant plusieurs dizaines d'années, totalement ignorés du public.

Cette semi-clandestinité se révèle d'autant plus troublante, dans le cas de Staël, qu'elle récidive au moment de publier la seconde de ses nouvelles : *La Folle du Pont Neuf*, elle non plus, ne paraît pas de manière autonome, mais fondue dans une de ces anthologies à succès qui se multiplient à la veille de la Révolution. Les libraires, soucieux cette fois de toucher le plus grand nombre, composent en effet des volumes réunissant de courts récits traitant tous d'un thème particulièrement à la mode. Ils fabriquent alors, à partir de ces séries, des recueils valant moins pour leur nouveauté, ou pour la singularité des textes rassemblés, que pour l'effet de collection garanti par le livre. En témoigne l'usage, dans ces anthologies, de supprimer le plus souvent le nom des écrivains : le personnage, le motif et surtout leur récurrence intéressent davantage que leurs déclinaisons particulières. Lorsque paraît *La Folle du Pont Neuf*, le public n'a donc aucun moyen de savoir qui l'a écrit. Pas le moindre indice non plus sur la paternité des autres nouvelles du recueil, intitulé *Les Nouvelles Folies sentimentales ou Folies par amour* et qui rassemble une dizaine d'histoires centrées sur un personnage, généralement féminin, rendu fou par la perte ou l'éloignement de l'être aimé.

L'identité de l'auteur fait toutefois plus particulièrement débat dans le cas de Germaine de Staël : les manuscrits de ses trois nouvelles ont en effet disparu. Ces derniers constituent généralement la preuve, après vérification scientifique de l'écriture et comparaison avec d'autres documents autographes, qui permet d'attribuer un texte et d'officialiser sa propriété. Or en l'absence ici de ces manuscrits, rien n'établit avec certitude que Staël a bien composé *La Folle de la forêt de Sénart*, *La Folle du Pont Neuf* et *L'Imbécille d'Allemagne*. Seules des copies, d'origine inconnue, subsistent aujourd'hui dans les archives de Coppet. Reste alors la piste de la correspondance et des échanges privés : Staël a-t-elle mentionné ces textes dans son cercle familial ou amical ? A-t-elle évoqué leur rédaction, leur publication ou livré le moindre indice qui permettrait de la relier à ces trois nouvelles ? Là encore, l'investigation réserve des surprises qui achèvent d'épaissir le mystère.

Germaine de Staël, dans ses échanges intimes, reste d'une manière générale étonnamment silencieuse sur sa production littéraire. Alors que la situation politique de la France et de l'Europe l'accapare et motive une part substantielle de ses lettres, l'œuvre en train de se faire, elle, n'apparaît sous sa plume qu'à la marge ou de manière allusive. J'en ai été très tôt frappée et plus encore frustrée. Comme bien d'autres chercheurs, je trouve toujours significative la manière dont un écrivain parle de ses propres projets. Ce qu'il conçoit, comment il le nomme, dans quelles circonstances il l'envisage et avec quels objectifs il a l'idée de ses ouvrages. C'est alors, davantage qu'une enquête, une archéologie de l'œuvre qui s'esquisse au fil des lectures. Lancée sur la piste de Germaine de Staël cependant, j'ai vite découvert, contre toute attente, une auteure qui efface méthodiquement ses traces. Qui maintient la plus grande discrétion lorsqu'il s'agit d'évoquer sa trajectoire littéraire. Qui minore le plus souvent le versant public de son écriture. Pourquoi ? Il y avait là, de toute évidence, une énigme et une occultation trop manifestes pour ne pas éveiller mes soupçons.

La Folle du Pont Neuf ne fait pas exception à cette règle. La nouvelle n'est brièvement évoquée que dans une seule lettre, datée du 11 novembre 1786. Germaine de Staël, qui s'adresse alors au roi Gustave III de Suède, passe en revue pour lui l'actualité politique et culturelle. La récente épouse de l'ambassadeur prolonge ainsi l'activité diplomatique de ce dernier, tout en consolidant les liens entre Stockholm et Paris. Au moment d'évoquer les dernières parutions, elle présente en ces termes les *Nouvelles Folies sentimentales ou Folies par amour* : « Voilà un petit livre qui contient un recueil de toutes les folles que la mode de ce genre a fait naître. Celles de M. de Guibert et du chevalier de Grave passent pour les meilleures. Comme on a épuisé tout ce que la sagesse peut dire, il faut essayer d'être neuf par la folie. » L'allusion, loin d'éclairer la genèse du texte, soulève aussitôt deux difficultés. Elle brouille l'attribution de *La Folle du Pont Neuf* et exclut totalement Staël du processus de sa publication. En apparence, c'est le comte de Guibert qui en serait seul l'auteur. Ce diplomate, ancien militaire et tacticien, est également un écrivain alors tout juste élu à l'Académie française. Très proche des parents de Germaine de Staël, il fréquente assidûment leur salon et la fille, selon toute vraisemblance, rend donc ici un juste hommage au talent d'un intime de sa famille.

À y regarder de plus près cependant, plusieurs indices fragilisent cette hypothèse. Le premier se trouve dans le recueil qui contient *La Folle du Pont Neuf*. Si aucun nom d'auteur n'y apparaît, conformément à la loi du genre, deux informations contradictoires sont malgré tout données au lecteur : d'un côté, des initiales semi-cryptées – « par M. le C. de G. » –, qui laissent entendre que le comte de Guibert aurait bel et bien écrit *La Folle du Pont Neuf* ; de l'autre, un avertissement de l'éditeur suggérant au contraire l'existence de plusieurs plumes à l'origine de ce texte : « Nous avons cru faire plaisir au public de donner cette anecdote intéressante par deux mains habiles, et nous avons voulu en même temps restituer à chacun ce qui lui appartient. » La formule, « par deux mains habiles », évoque ce travail en duo ou en couple qu'on appelle plus couramment aujourd'hui écriture collaborative ou « à quatre mains ». Deux proches, pour des raisons intellectuelles et souvent aussi affectives, décident de conjuguer leurs talents pour composer ensemble un texte qu'ils signent quelquefois de leurs deux noms. Germaine de Staël aurait ainsi coécrit *La Folle du Pont Neuf* avec le comte de Guibert. La piste est d'autant plus stimulante que les exemples de collaborations masculines abondent tout au long de sa carrière : son père, ses amants, l'homme de sa vie qu'est Benjamin Constant, son second mari en 1812 ou August Wilhelm Schlegel, le précepteur de ses enfants, deviennent tour à tour, à différents moments de son parcours, des partenaires intellectuels avec lesquels Staël écrit. Qu'elle rédige leurs discours, conçoive une préface à leurs ouvrages ou réfléchisse à part égale avec eux, au point qu'il devient impossible de distinguer ce qui appartient à l'un ou à l'autre, – c'est le cas dans *Des circonstances actuelles*, entièrement rédigé et conçu avec Benjamin Constant –, Staël a souvent travaillé avec des hommes. Il n'y aurait donc rien de surprenant à ce que *La Folle du Pont Neuf* constitue, en 1786, son baptême en la matière.

Ce serait cependant oublier les indications troublantes qui figurent sur la copie conservée dans les archives. C'est là le second indice requérant la vigilance. Il se présente sous la forme d'une brève note rédigée par Auguste, le fils aîné de Germaine de Staël à qui elle confie, après sa mort, ses manuscrits et l'édition posthume de ses *Œuvres complètes*. On y lit, en marge des premières lignes de *La Folle du Pont Neuf* : « De ma mère, selon Mad. Rilliet ». L'amie d'enfance de Staël, Catherine Rilliet Huber, celle qui accompagne ensuite son entrée dans le monde et ses premiers pas littéraires, affirme que Staël a bien écrit *La Folle du Pont Neuf*, et qu'elle l'a écrit seule. Cette confusion franchit même un degré supplémentaire dans le cas de la troisième et dernière nouvelle, *L'Imbécille d'Allemagne*. Non seulement aucun témoignage ne permet d'affirmer que Staël en est l'auteure, mais le texte ne voit jamais le jour. Ni sous la forme d'une publication, ni même d'une allusion puisque pas une lettre, ni le moindre papier privé, ne l'évoque. Seul le titre, écrit de la main de Staël, autorise à l'envisager comme étant peut-être l'une de ses œuvres. L'enquête éditoriale sur les traces de ces *Folles* soulève, à l'évidence, beaucoup plus de questions qu'elle n'apporte de réponses. Pourquoi avoir à ce point masqué leur publication ? Et quels obstacles Germaine de Staël a-t-elle pu rencontrer qui l'empêchent de les signer ?

Dénis

D'abord la peur, si l'on en croit sa correspondance. En juin 1786, elle envoie une copie de *La Folle de la forêt de Sénart* à Henri Meister, écrivain suisse, collaborateur lui aussi de la *Correspondance littéraire* et proche ami de ses parents. Staël note alors : « Voici cette *Folle* que vous désirez, Monsieur. Je vous prie de me la renvoyer : c'est ma seule copie ; mais je vous assure que je n'y mets précisément pas d'autre valeur que de ne pas la jeter au feu. » Deux gestes contradictoires s'enchevêtrent ici sous sa plume : le désir de publicité – il faut faire connaître cette nouvelle – et la dépréciation, voire le fantasme de destruction. Non seulement *La Folle de la forêt de Sénart* reste un texte presque introuvable, et dont l'auteure semble avoir cultivé la rareté ; mais évoquant les quelques exemplaires à sa disposition,

Staël envisage paradoxalement de les « jeter au feu ». La formule, malgré sa virulence, n'est pas tout à fait originale à son époque. Rousseau déjà, en 1761, présente *Julie ou La Nouvelle Héloïse* comme un livre si scandaleux qu'il s'effraie de voir la liasse des lettres qui composent ce roman épistolaire devenir le miroir de la corruption moderne : « Que n'ai-je vécu dans un siècle où je dusse les jeter au feu ! », lit-on dans sa célèbre préface.

Sous la plume de Staël cependant, ces flammes revêtent un visage plus inquiétant. Tout le monde en effet se précipite sur *La Nouvelle Héloïse*, véritable phénomène littéraire du XVIIIe siècle et dont Staël elle-même, admiratrice précoce de Rousseau, sort profondément bouleversée : « Ah ! Qu'on voie avec peine la fin d'une lecture qui nous intéressait comme un événement de notre vie », écrit-elle en 1788 dans son premier texte critique. Rien de tel, en revanche, pour *La Folle de la forêt de Sénart*. Pas de clameurs, de déferlement public, ni de débats passionnés sur les vertus ou les dangers de lire les aventures de Julie et Saint-Preux : la nouvelle, quasi confidentielle, risque bel et bien de disparaître puisque tout est orchestré pour qu'elle passe inaperçue. Pire encore, elle plonge Staël dans une durable épouvante. En 1806, soit vingt ans après leur rédaction, cette dernière tremble encore à l'idée que ses *Folles* remontent à la surface : « J'ai horriblement peur des œuvres de mon enfance. C'est précisément parce que j'avais dès lors de l'envie de montrer de l'esprit que j'ai dû dire plus de sottises », écrit-elle à un ami autrichien. Ses réticences dépassent ici la simple coquetterie d'écrivain. Les *Folles*, loin d'incarner l'immaturité d'une plume qui n'aurait pas encore fait ses preuves, charrient au contraire une vérité d'autant plus étrange qu'elle surgit à l'état brut. À l'image des enfants, dont la parole n'est pas encore censurée, ni formatée par les conventions du jeu social, les premiers textes de Germaine de Staël renvoient l'auteure à la préhistoire sauvage de sa plume. Au choc, difficilement supportable, de la violence sur laquelle elle inaugure sa carrière. Leur éclipse ne relève donc pas d'un malheureux hasard, mais d'un choix assumé : il faut taire ces Folles et étouffer les cris désaccordés qu'elles font entendre aux rares personnes qui s'aventurent à leur écoute.

Cet effort d'occultation n'émane pas seulement de Staël. Elle maintient certes, sa vie durant, le plus profond silence autour de ces trois nouvelles, qui restent littéralement invisibles. Mais ce n'est pas la seule explication du mystère qui les entoure aujourd'hui encore. Il a fallu, pour une disparition aussi efficace, la conjugaison de plusieurs forces et notamment celles de la famille. C'est à elle qu'échoit, en 1817, la délicate mission de forger la postérité de Germaine de Staël ; de dessiner les premiers contours de sa mémoire officielle. D'éditer aussi ses œuvres complètes, comme la plupart des écrivains le font au moment d'aborder le crépuscule de leur vie. Vient alors, après le succès ou la visibilité présente, la projection dans un avenir où les textes resteront la seule trace de leur passage. Les éditer, les rassembler, penser leur cohérence et assurer leur diffusion constitue donc l'une des ultimes missions de l'auteur. Soit il l'assume lui-même, comme le fait par exemple Chateaubriand, contemporain de Staël et qui, sans doute parce qu'il vit beaucoup plus longtemps qu'elle, élabore avec le plus grand soin son tombeau littéraire ; soit il délègue à ses proches, héritiers naturels ou choisis, la composition de ces volumes. C'est l'option privilégiée par Germaine de Staël. Rédigeant son testament en 1816, un an avant sa mort à l'âge de cinquante et un ans, elle prépare minutieusement la valorisation de son patrimoine intellectuel. À sa cousine Albertine Necker de Saussure, qui est aussi son amie intime, revient le soin d'écrire sa première biographie officielle. Cette nécrologie, vibrant hommage inspiré par la proximité qui a toujours uni les deux femmes, retracera ce qu'il faut savoir de la trajectoire privée, mais aussi du caractère et surtout de l'œuvre de l'auteure récemment disparue. Quel écrivain était Germaine de Staël ? À cette question capitale, laissée pourtant sans vraie réponse puisque l'intéressée charge une autre voix d'apporter un éclairage sur sa création, s'ajoute la publication posthume de ses œuvres complètes. C'est Auguste, le fils aîné, à qui il incombe de concevoir cette collection exhaustive des textes de sa mère. La récupération des manuscrits, l'édition définitive des documents laissés inachevés par la disparition prématurée de leur auteure en 1817 et l'organisation générale de l'œuvre, proposée pour la première fois en intégralité aux lecteurs : la responsabilité est énorme et Auguste s'en acquitte en fils scrupuleux, admirateur inconditionnel de sa mère et gardien de la mémoire familiale dont il édifie avec passion cet autre mausolée. L'ensemble, publié en 1821, compte au total dix-sept volumes.

À cette date, la vie et l'œuvre de Germaine de Staël ont *a priori* livré leurs secrets.

Les *Folles*, cependant, restent à l'écart de cette publicité. Elles ne figurent pas dans les œuvres complètes, bien mal nommées puisqu'en réalité, elles ne donnent pas à lire l'intégralité des textes écrits par Staël au cours de sa vie, mais une sélection, si large soit-elle, opérée par son fils. Cette disparition interroge d'autant plus qu'Auguste fait le choix, en préparant ce vaste travail d'édition, de révéler pour la première fois au public d'autres pans jusqu'ici méconnus ou strictement confidentiels de la production de sa mère. C'est le cas de son théâtre, et notamment des premières pièces que Staël compose au début de sa carrière et qu'elle n'imprime qu'en un très petit nombre d'exemplaires. En 1821 pourtant, toutes voient le jour pour la première fois. Pourquoi les *Folles* ne bénéficient-elles alors pas de la même visibilité ? Peut-être leur contenu et leur audace embarrassent-ils davantage la mémoire familiale. La déraison féminine et surtout l'originalité de son traitement tranchent en effet singulièrement avec l'image maîtrisée de Germaine de Staël que son fils et sa cousine édifient pour la postérité. Albertine, si elle retrace en détails le caractère de cette dernière et les étapes marquantes de sa formation personnelle et intellectuelle, valorise surtout ses facultés d'analyse, sa générosité et sa préoccupation constante pour les affaires du temps. Comment concilier cette aura de femme engagée et la fascination pour la folie ? Staël, que sa nature passionnée pousse à s'identifier aux causes et aux protagonistes qu'elle défend, aurait-elle éprouvé une quelconque sympathie pour les âmes égarées ?

L'hypothèse heurte à l'évidence le cercle de ses proches. Les indices abondent pourtant, sous leurs yeux, d'une troublante proximité entre Staël et la déraison : outre ces trois *Folles* avec lesquelles elle inaugure singulièrement sa carrière, le personnage de Nina accompagne chaque étape importante de son parcours. Apparue au printemps 1786 suite à la création d'une courte pièce lyrique mise en paroles par Marsollier des Vivetières et en musique par Dalayrac, sous le titre de *Nina ou La Folle par amour*, Nina rencontre aussitôt un succès foudroyant. À Paris, où Germaine de Staël assiste elle-même aux représentations, mais aussi dans la plupart des capitales européennes. Tout le monde à l'époque connaît Nina, chante ses airs et pleure au spectacle de cette jeune amante rendue folle par la mort prétendue de son fiancé et qui le guette en vain, des jours durant, dans un jardin aux portes de la ville. Staël est littéralement envoûtée par cette destinée. Non seulement elle se déplace plusieurs fois pour voir Nina sur scène, mais quelques années plus tard, elle décide de jouer son rôle. Germaine de Staël pratique en effet le théâtre de société. Elle organise régulièrement des représentations privées qui réunissent un public restreint autour d'une petite scène installée dans son château à Coppet. Ses amis et les membres de sa famille, ses enfants surtout, se transforment alors en acteurs le temps d'une soirée. Staël met en scène, organise les répétitions et incarne elle aussi plusieurs personnages féminins : Phèdre, qui reste l'un de ses rôles marquants d'après les témoignages de l'époque, mais aussi Nina.

L'héroïne de Marsollier des Vivetières exerce sur elle une véritable fascination. Elle l'incarne à différentes reprises et, en 1811, franchit une étape supplémentaire en composant sa propre version de *Nina ou La Folle par amour*. Cette comédie en un acte, intitulée *Nina*, reste inachevée. Elle n'en traduit pas moins l'importance singulière de cette figure pour Germaine de Staël. S'il s'agit peut-être de succomber à une mode en 1786, l'Europe entière entonnant alors les airs de la jeune femme, sa persistance, vingt-cinq ans plus tard, intrigue davantage. N'y aurait-il pas une résonance entre elle et Staël ? C'est ce que suggère l'idée de vouloir composer sa propre *Nina* : pour inventer un nouveau récit de l'amante malheureuse et réinterpréter l'origine de son égarement, il faut une attirance particulière pour le mystère de cette conscience brisée ; un désir de s'en approcher au plus près et d'éprouver, jusque dans sa propre psyché, le choc de sa folie. Il en va de même pour le travail de l'actrice : jouer Nina n'a rien d'innocent pour Germaine de Staël. Elle le sait d'autant mieux qu'elle consacre plusieurs chapitres de son œuvre, dans *De l'Allemagne* notamment, au talent du comédien : sur quels sortilèges repose son art de nous bouleverser ? Une parfaite maîtrise de l'illusion, analyse Staël. L'acteur réussit à leurrer le public parce qu'il n'en reste pas à l'imitation. Il ne reproduit pas sur scène une personnalité factice, mobilise au contraire ses propres émotions, présentes mais assourdies, au service du caractère qu'il incarne. Le comédien joue donc à froid, à distance de ses souvenirs et de son épaisseur humaine, tout en sollicitant sa sensibilité pour composer la partition universelle qui va toucher le spectateur et le plonger, parfois malgré lui, dans ses labyrinthes intérieurs. Staël s'est ici nourrie des analyses développées par Diderot dans son *Paradoxe sur le comédien*. Elle les enrichit cependant de sa confrontation avec d'autres cultures dramatiques et surtout de sa propre pratique de comédienne. Jouant dès que possible, et toujours avec un intense plaisir, elle sait qu'une juste interprétation n'exige pas d'éprouver en direct les sentiments du personnage, mais de les avoir éprouvés. Seuls ce souvenir et cette trace affective garantissent la magie de la représentation. L'acteur ne donne vie qu'en consentant à la résonance qui se tisse entre son expérience et celle de la créature qu'il choisit d'incarner.

Germaine de Staël, interprétant et réécrivant Nina, entretient donc un lien profond avec ce personnage. La « folle par amour », si présente dans sa vie au point qu'elle lui prête son propre corps sur la scène de Coppet, quitterait ainsi les répertoires imaginaires pour rejoindre les sœurs fictives qui cheminent à ses côtés et lui tendent, à chacune de ses épreuves, un miroir de sa destinée. Nina n'est-elle pas l'anagramme incomplète de Germaine ? Les lettres qui composent leurs deux prénoms s'enchevêtrent étrangement, comme si leurs consciences luttaient, elles aussi, contre les mêmes ténèbres. « On dirait qu'il fait nuit dans mon âme », déclare Nina à la scène 2 de l'acte II. Une telle affinité reçoit cependant un démenti formel sous la plume d'Albertine. La fidèle cousine, gardienne de la mémoire et dont la *Notice* se veut aussi la voix familiale, nie toute ressemblance entre Germaine de Staël et la folle par amour. Alors qu'elle admet l'évidence d'un lien intime entre l'actrice inspirée et ses meilleurs rôles – « Elle transportait ses personnages en elle, plutôt qu'elle ne se transportait dans ses personnages » –, Nina resterait au contraire, à l'en croire, l'échec de son répertoire. L'héroïne que Staël n'aurait jamais réussi à jouer faute d'avoir en elle la moindre possibilité de comprendre la déraison : « Ainsi, soit qu'elle ait voulu jouer ou composer des Nina, elle a toujours échoué. Elle n'imitait jamais que le délire poétique [...]. La véritable folie, l'incohérence des pensées n'a pu être comprise d'elle ; sa tête était trop bien organisée pour la concevoir », écrit-elle.

On comprend mieux dès lors pourquoi les *Folles* sont restées deux cents ans ensevelies : suggérant une troublante résonance entre Germaine de Staël et les insensées, elles fragilisent dangereusement l'aura et la réputation de la femme éclairée. Leur persistance, à différentes étapes de sa vie, accrédite pourtant l'hypothèse d'une Staël intimement familière de la folie. Loin de la considérer comme une monstrueuse anomalie, elle cheminerait à ses côtés, voire à son écoute tant la langue de ses Folles s'écarte des conventions et restitue, sans en rien atténuer, la violence de leur égarement. La révélation d'une telle audace reste forcément difficile à accepter. Pour Staël, qui prend peur devant la puissance qui émane de ses nouvelles, mais aussi pour ses proches, si encombrés par cet étrange visage de leur aînée qu'ils préfèrent subrepticement l'effacer. Il faut donc attendre l'année 2001 pour que les copies manuscrites des *Folles* sortent enfin des archives de Coppet. Encore n'est-ce que pour paraître de manière confidentielle dans une revue, les *Cahiers staëliens*. Quelques spécialistes découvrent alors un volet méconnu de l'œuvre et de la trajectoire de Germaine de Staël, dont personne jusqu'ici n'avait soupçonné l'intérêt pour la déraison. Cette révélation reste cependant cantonnée dans un cercle restreint. Jamais, avant la présente publication, les *Folles* n'avaient eu l'occasion de rencontrer un large public. Il est donc temps de les arracher à leur chape de silence. De briser le masque d'une Staël exclusivement raisonnable. D'avoir le courage d'entendre ses mots et d'affronter la réalité dérangeante de ses angoisses.

« J'ai si peur de devenir folle »

La folie, alors, surgit partout. Sous la plume des ennemis de Staël d'abord, ces innombrables détracteurs qui lui reprochent, sa vie entière, d'avoir perdu la raison. Il peut s'agir d'une plaisanterie, d'un de ces mots d'esprit que la bonne compagnie répète à l'envi. En 1786, lorsqu'elle publie *La Folle de la forêt de Sénart*, Staël annonce la nouvelle lors d'une soirée : « Chevalier, j'ai fait une *folle !* – Oh, répond celui-ci, je croyais que c'était Madame votre mère. » Le trait amuse aussitôt la galerie. Mais il accuse aussi, de manière plus cruelle, l'auteure d'être aussi malade que ses héroïnes. Germaine de Staël est folle. Elle serait même *la* folle. Cette étiquette ne la quitte jamais et acquiert, sous la Révolution, une violence supplémentaire. Les convictions politiques de Staël, modérées et qui lui valent d'intervenir plusieurs fois en faveur d'une monarchie constitutionnelle, la rangent dans la catégorie des anormales : pour les royalistes, dont elle trahit les principes en prônant un pouvoir libéral, mais aussi pour les « jacobins », comme on les désigne à l'époque. Ces partisans de la Révolution refusent toute négociation avec les vestiges du passé. La royauté, même équilibrée grâce à une constitution, s'apparente pour eux à une trahison et ils récusent fermement l'option conciliatrice incarnée par Germaine de Staël. Cette dernière s'attire donc la haine des deux clans en présence. La presse, aussitôt, n'a plus de mots assez durs pour l'attaquer : « femme-furie » ou « Messaline-Staël », les étiquettes infamantes dénoncent la monstruosité d'une créature qui n'appartient plus à l'humanité. Réveillant le souvenir des ogresses de la mythologie ou des impératrices courtisanes, coupables d'aimer le luxe et de corrompre le pouvoir, Germaine de Staël incarne l'obscénité de la femme publique. Celle qui quitte son rang et désobéit aux injonctions naturelles censées la maintenir dans la sphère domestique. Indécente, excentrique et menaçante, elle est « une sorcière du sabbat », lit-on dans la presse en 1797.

Comment échapper à la folie quand on vous accuse, d'un bout à l'autre de votre existence, d'y avoir succombé ? Les journaux, la chronique mondaine, les correspondances, mais aussi les caricatures qui se multiplient sous la Révolution, représentant Germaine de Staël en truie ou en dominatrice armée d'un fouet et manipulant les ministres, font vaciller sa propre raison. Et s'ils disaient vrai ? Rien n'expliquerait, sinon, la succession d'épreuves qui transforment chaque apparition publique de « la St... », comme on la nomme alors, en malentendu. Ce dernier jalonne singulièrement sa trajectoire : celle qu'on prend pour une salonnière à succès se bat en réalité toute sa vie pour être comprise. Dans ses choix personnels, dans ses principes politiques et jusque dans ses mots, régulièrement dénoncés comme obscurs ou incorrects : Germaine de Staël, dit-on, parle une langue étrangère. C'est sans doute l'une des raisons pour lesquelles elle n'écrit jamais son autobiographie. L'existence des femmes reste, à tous points de vue, inintelligible à son époque. Attaquées, ridiculisées, voire ostracisées lorsqu'elles interviennent sur la scène publique et s'écartent des modèles traditionnels, elles n'ont d'autres choix que de renoncer à leurs ambitions ou de devenir des « parias ». C'est le mot qu'emploie Staël dans le chapitre de *De la littérature* consacré aux « femmes qui cultivent les lettres ». Peuvent-elles trouver le bonheur, ces créatures atypiques ? Non. Et la Révolution, ajoute Staël, n'y change rien. Les femmes, si elles ont d'abord favorisé l'essor des valeurs républicaines et la réparation du lien social dont la France a plus que jamais besoin en 1800, représentent ensuite une menace. Pour l'équilibre familial, la répartition des prérogatives professionnelles et la concorde nationale, d'autant plus nécessaire que le pays, traumatisé par la Terreur en 1800, revoit chaque nuit en songe d'insoutenables images de cadavres décapités et de flots de sang. Que faire alors ? Et quelle place se trouver ? Celle de la marge, répond lucidement Staël. Elle seule protège la femme publique de la réprobation. N'ayant ni la légitimité d'intervenir dans les débats du temps, ni le droit de répondre aux attaques, la femme doit disparaître ou apprendre à se taire. La différence est son lot, l'incompréhension sa destinée. Elle se voit « condamnée à la célébrité, sans pouvoir être connue », écrit Staël en 1796 dans *De l'influence des passions.* Difficile de ne pas perdre la raison face à de telles impasses. Non seulement la femme à part ne suscite que haines et calomnies, mais elle se trouve prisonnière d'une double contrainte : sois libre et efface-toi. Émancipe-toi, mais prépare-toi à la douloureuse épreuve d'un ordre social et d'une opinion encore incapables de t'accepter.

Je n'aurais jamais imaginé, avant de me plonger dans ces documents, que la vie de Germaine de Staël était une telle bataille. Elle choisit pourtant une image forte pour le résumer : le bateau lancé sur une mer déchaînée. La métaphore, obsédante car elle traverse toute son œuvre, traduit une fixation profonde de sa psyché : la loi de l'antagonisme. Le conflit, aussi bien l'opposition des forces que leur disproportion, est pour Staël aussi naturel que la tempête et l'orage lorsqu'on s'embarque sur l'océan. L'existence, en d'autres termes, ne va jamais sans luttes, ni risques de chavirer à chaque instant. Elle suppose au contraire l'art de contourner les écueils et de résister aux puissances destructrices qui menacent l'individu ou la nation. Le paysage mental de

Germaine de Staël privilégie ainsi les espaces terrifiants : les eaux profondes, les gouffres, les volcans, les montagnes à pic ou les forêts de sapins, si noires qu'on pourrait y disparaître sans laisser de traces. Il dessine, outre la cartographie sensible de ses angoisses – Staël, on l'a vu, a une peur panique de la mer et des immensités –, une anthropologie particulière, dominée par le choc et des lois directement issues de la physique de Newton : toute action entraîne une réaction. L'équilibre ne s'y définit pas par le calme, mais par la confrontation perpétuelle de plusieurs forces dont l'affrontement ménage alternativement des phases de tension, puis d'apaisement. Le bonheur du sujet, dans une telle conception, s'avère aussi fragile que l'embarcation perdue au milieu des flots. À quoi tient-il, sinon à la chance d'atteindre l'autre rive sain et sauf ? « La science du bonheur moral », écrit-elle dans *De l'influence des passions*, est celle d'un « malheur moindre ». Pour Germaine de Staël, une vie heureuse ou réussie l'est donc surtout de manière négative : grâce aux menaces qu'elle évite, plutôt qu'aux bénéfices qu'elle accumule. Lancés, au moment de notre naissance, sur la surface chaotique du monde, nous devons trouver l'art de bien piloter.

Pour l'individu comme pour le pays, lui aussi entre les mains d'un « gouverneur », le bonheur dépend essentiellement de la trajectoire ; non de la joie que procure la navigation, mais de sa capacité à contourner les obstacles, aussi bien les rocs qui menacent de déchirer la coque que les énormes vagues pouvant à chaque instant la submerger.

L'image maritime est partout sous la plume de Staël. Elle définit l'enthousiasme de la jeunesse, ce moment où, galvanisé par la confiance dans ses facultés, « l'on vogue à pleines voiles dans la vie » ; la culture française, si contraignante pour des écrivains allemands qu'ils « ne sauraient naviguer au milieu des écueils qu'on leur aurait indiqués » ; la politique enfin, jalonnée de réussites admirables – Pitt, ministre anglais tenant « d'une main ferme le gouvernail des affaires » – ou de revers frappant jusqu'à Napoléon, brutalement interrompu dans ses conquêtes et dont « on dirait qu'il ne sait naviguer qu'avec un vent favorable ». Cette récurrence traduit, à travers une scénographie propre à Germaine de Staël, sa conception extrême de l'existence. Le danger et la perte ne représentent pas pour elle des accidents, ni des malheurs survenus par un fâcheux hasard, mais les possibles d'une vie perpétuellement en lutte contre les forces adverses qui la mettent à l'épreuve. La mort en d'autres termes, l'obscurité, la souffrance, mais aussi la folie jalonnent moins nos trajectoires à la manière de circonstances extérieures, qu'elles n'en font structurellement partie. Dès le départ, tous les éléments qui composent notre vie morale, les plus réjouissants comme les plus terribles, sont déjà là. Ils ne nous frappent pas brutalement, mais coexistent à nos côtés et prennent l'avantage dès que nous manquons de vigilance ou ne leur opposons plus une résistance suffisante. Il n'y a donc pour Staël aucune différence de nature entre la souffrance et la joie, pas plus qu'entre la raison et la folie. La douleur et l'égarement appartiennent d'emblée au territoire au milieu duquel nous voguons. Ils y exercent en revanche une pression constante et dans cet univers soumis aux lois de la physique, la seule manière de leur résister consiste à les éviter ou à leur opposer un contre-pouvoir : une énergie constructive qui contienne leurs assauts, les neutralise ou réussisse à les détourner.

La folie, ainsi installée au cœur de nos décors, prolifère aussi sous la plume de Staël. À rebours de ses adversaires qui s'en emparent pour la discréditer, ou de sa famille qui nie sa présence, elle assume quant à elle, et même en théorise l'existence, une déraison de proximité : banale et familière, cette dernière n'est ni une anomalie, ni une exception, mais l'infléchissement possible de toute conscience dès qu'elle franchit un degré supplémentaire d'exaltation. Cette découverte propre à Germaine de Staël, si elle se fonde sur une anthropologie approfondie au fil de ses traités, se nourrit aussi de son expérience personnelle. Elle ne s'en cache pas : impossible, pour elle, de penser sans que l'objet de l'analyse la touche intimement. « Je ne puis séparer mes idées de mes sentiments ; ce sont les affections qui nous excitent à réfléchir, ce sont elles qui peuvent seules donner à l'esprit une pénétration rapide et profonde », précise-t-elle en concluant *De la littérature*. Cette résonance, qui définit chez elle une démarche intellectuelle plus que l'engagement particulier pour une cause, repose sur une conception inclusive de la morale. L'analyse de la psyché et des forces qui nous traversent ne sépare jamais l'auteure de la communauté dont elle envisage les ressorts. Le groupe, n'étant qu'une collection d'humains, se comporte par analogie de la même manière que l'individu et mobilise les mêmes ressorts affectifs que lui. Plus encore, nous dit Staël, c'est en puisant dans sa propre expérience que l'esprit comprend le mieux la matière humaine : on ne connaît que ce que l'on reconnaît pour l'avoir préalablement identifié en soi.

La folie ne fait donc pas exception : si Germaine de Staël souligne sa banalité, toute âme étant pour elle susceptible de s'égarer sous l'effet d'une passion excessive ou d'une trop grande émotion, c'est qu'elle a sans doute elle-même éprouvé le vacillement de la conscience. Suivant ici sa méthode, elle n'aborderait pas le sujet de manière abstraite, mais se souviendrait au contraire des circonstances où, n'en déplaise à Auguste et Albertine, elle aurait senti sa propre raison la quitter. Est-ce le cas ? Présente-t-elle les symptômes d'une quelconque pathologie morale ? Avoue-t-elle, avec ses propres mots, avoir succombé à la folie ? À l'évidence quand on lit sa correspondance : les centaines de ses lettres aujourd'hui conservées et publiées lèvent le voile sur un troublant désordre intérieur. La « folie » et la « déraison » y sont partout : elles surgissent notamment le jour de la mort du roi, le

21 janvier 1793 – « Ma raison, ma santé, tout est anéanti », note Staël bouleversée par cette nouvelle – et, durant toute cette période, au spectacle de la politique. La Révolution représente une si violente commotion qu'elle laisse craindre un traumatisme pour l'ensemble de la nation : « Tous les hommes deviendront fous : la plupart des têtes ne sont pas organisées pour soutenir tous ces chocs », note Staël le 28 décembre 1792. Cette déraison publique n'est pourtant rien en comparaison de ses manifestations intimes. La folie envahit alors l'espace et contamine littéralement l'encre des lettres. On y découvre une Germaine de Staël terrifiée à l'idée qu'un malheur ne tombe sur ceux qu'elle aime : « Je suis frappée, dit-elle, de ce genre de crainte comme une folle. » Morte d'angoisse dès qu'une trop grande distance la sépare de son amant : « Si je tardais à vous revoir, je sens [...] qu'il se briserait dans ma tête quelques nerfs, qui interrompraient toutes mes idées. » Ou incapable de supporter la longue attente des missives, ces jours vides comme l'ennui et qui ne lui laissent rien d'autre à contempler que sa dépendance : « J'ai si peur de devenir folle... », écrit-elle alors.

Le diagnostic est toujours lucide et cette correspondance explore sans la moindre complaisance les symptômes de ce que Staël appelle, à différentes reprises, « les caractères passionnés ». Tête en feu, nerfs brisés, sang suspendu et cerveau renversé : en parcourant ses lettres, on croit parfois lire un témoignage médical ou l'une de ces études de cas qui accompagnent, en 1800, l'essor de la première psychiatrie, plus connue sous le nom d'« aliénisme ». Germaine de Staël est aussi contemporaine de cette naissance de l'asile ; de la médicalisation de la folie, à l'initiative de Pinel et d'Esquirol, qui quitte la criminalité pour relever de la seule sphère morale. Elle ne mentionne jamais explicitement ce nouveau chapitre de l'histoire de la maladie mentale. Je n'ai trouvé aucune trace, sous sa plume, des traités de Pinel, ni des célèbres études qu'il consacre à la « manie » et au « traitement moral » censé en éloigner ses effets. Staël n'en reste pas moins étonnamment proche des théories médicales qui bouleversent ces dernières années du XVIIIe siècle. Faisant l'autopsie de ses propres souffrances, elle établit, comme Pinel, un lien étroit entre la passion et le naufrage de la raison. La folie, pour elle, n'est ni un délit, ni un dysfonctionnement physiologique. Elle naît au contraire de nos propres tourments ; de notre histoire, de notre caractère et de nos affects qui, s'ils deviennent trop intenses ou nous soumettent à une excitation excessive, dérèglent notre psyché et menacent d'en briser les ressorts. Le navire que nous sommes, dit Germaine de Staël filant sa métaphore marine, a besoin de vent pour fendre les flots ; mais l'énergie qui gonfle ses voiles, composée de toutes les passions susceptibles de nous enflammer – l'amour, l'ambition, le désir, le jeu, la colère… – doit rester modérée, sous peine de détruire l'embarcation qu'elle fait avancer.

Staël côtoie donc intimement la folie. C'est même un choc de découvrir à quel degré ses passions la submergent. J'ai en tête l'une de ses phrases étonnantes, adressée à Juliette Récamier en 1809 : « C'est je ne sais quoi que nous, que la tempête agite. » Staël a le don de ces formules resserrées, qui d'abord nous sidèrent et nous restent ensuite en mémoire. Dans celle-ci plus particulièrement, la violence semble la règle de toute vie intérieure. Sans doute parce que la sienne, aussi extrême, en fait une observatrice privilégiée de la psyché ; une cartographe de nos continents noirs, aux confins desquels elle n'a jamais eu peur de s'aventurer. Une telle position n'est cependant pas sans dangers. Germaine de Staël, ainsi placée dans l'œil des passions, se tient sur une passerelle très étroite entre son expérience, éprouvante, et l'espace neutre à partir duquel *considérer* notre violence morale. Le promontoire est si fragile qu'elle risque à chaque instant de chuter : d'un côté l'insensibilité la guette, de l'autre la folie ; d'un côté l'excès de raison, c'est-à-dire la froideur théorique de l'analyse, de l'autre le dérèglement pathologique de l'âme en feu. En témoigne le diagnostic que Jean Starobinski formule prudemment à son sujet : « On ne saurait ici se contenter d'un verdict clinique, d'ailleurs assez aisé, qui soulignerait, dans un caractère que le jargon de l'école qualifierait d'*hyperthyme*, l'alternance des états d'expansion euphorique et des réactions *dysphoriques.* » Ce grand critique, à la fois médecin et homme de lettres, auteur d'une thèse sur l'histoire de la mélancolie et de nombreux ouvrages sur les Lumières, ne pouvait que rencontrer Germaine de Staël. Sa formation, à la frontière de l'interprétation et de la psychanalyse, le prédestinait même à devenir l'un de ses spécialistes, au point qu'il a trouvé, à l'école de Staël, l'origine de sa propre méthode. Reste que sa lecture, à lui aussi, oscille parfois entre le constat médical et l'approche littéraire. Preuve que dans le cas Germaine de Staël, la folie n'est jamais loin, ni une hypothèse sans fondement.

Fictions

Sa correspondance reste cependant un document privé. Si tout le monde peut lire aujourd'hui les neuf volumes qui la composent, elle n'a jamais été destinée à la publication. Staël s'oppose même catégoriquement à ce qu'elle circule, imitée en cela par sa famille après sa mort. Pour Auguste comme pour Albertine, publier ces lettres aurait constitué une profanation ; une violation de toute intimité et, ajoute Auguste pour justifier leur absence des *Œuvres complètes*, « une atteinte aux devoirs les plus sacrés de l'amitié et de la délicatesse ». L'injonction n'est pas rhétorique. La vie privée et le détail des sentiments revêtent un caractère sacré à Coppet. Leur nudité ne doit jamais recevoir la lumière du grand jour. Pour couper court à toute publicité et éloigner la menace de son obscénité, les protagonistes vont même jusqu'à exiger la destruction de leurs lettres. Plus ces dernières charrient de sentiments et de proximité affective, plus elles doivent disparaître. Les consignes abondent, dans leurs testaments ou leurs ultimes papiers, de ne laisser aucune trace des correspondances amoureuses. Elles aussi finissent, comme *La Folle de la forêt de Sénart*, « jetées au feu ». C'est notamment le cas des lettres passionnées qu'échangent, pendant plus de vingt ans, Germaine de Staël et Benjamin Constant. Séduction, amour, haine, fraternité intellectuelle, jalousie, dettes et trahisons : on imagine sans peine l'intensité passionnelle de ces amants mélancoliques, tous deux portés aux excès et affectivement si fragiles, et si vulnérables, que le moindre mot compte et déclenche aussitôt chez eux de brûlantes analyses. Un soir de décembre 1830 pourtant, alors que plusieurs milliers de Parisiens viennent d'accompagner aux flambeaux la dépouille de Benjamin Constant au Père-Lachaise, Albertine de Staël et Charlotte de Hardenberg contemplent avec tristesse les dernières flammes qui brûlent dans la cheminée. Plusieurs sacs, vides, gisent à leurs pieds. Fidèles au vœu de Germaine d'abord, puis de Benjamin qui lui survit treize ans, la fille et l'épouse viennent de réduire en cendres la quasi-intégralité de leur correspondance. Quelques lettres, sauvées par des proches, ont heureusement échappé au grand incendie et tentent de répondre aujourd'hui aux nombreuses questions des chercheurs. Il n'empêche, la frustration scientifique cède ici le pas à l'admiration devant le caractère résolument sacré de l'intime à Coppet. Du corps, des baisers, des cris et des larmes : tout doit disparaître. Exister intensément, puis brûler.

Germaine de Staël ne dispose donc d'aucun sanctuaire plus inviolable que ses lettres. Vouées à partir en fumée, elles peuvent accueillir sans danger jusqu'aux moindres traces de sa folie. Où mieux consigner ses égarements que sur ces pages éphémères, destinées aux flammes et que personne ne doit jamais lire, sous peine d'outrager les vivants et les morts ? C'est toute la différence avec ses trois nouvelles. *La Folle de la forêt de Sénart*, *La Folle du Pont Neuf* et *L'Imbécille d'Allemagne* appartiennent au volet public de son œuvre. Destinées à paraître, elles risquent de circuler, de diffuser leur contenu et d'échapper ainsi à tout contrôle de l'auteure. Contrairement aux lettres cependant, il s'agit de fictions. Aucun indice explicite n'y relie les protagonistes, ni les étapes de l'intrigue à la personne réelle de l'auteure. Là où le document privé et l'autobiographie reposent sur un pacte d'identité entre le « je » qui prend la parole et le moi de l'écrivain, la fiction brouille davantage les cartes. Déployant un univers imaginaire et *a priori* distinct de la vie de l'auteur, elle éloigne sa réalité personnelle au profit d'une création autonome. La projection rêvée du lecteur, qui reste l'un de ses principaux objectifs, exige même de privilégier l'échelle universelle : on ne s'immerge que dans un bain fictionnel suffisamment vaste pour accueillir toutes les destinées particulières.

Les trois *Folles* de Germaine de Staël n'échappent pas à cette règle. N'étant pas des textes « à clés », autrement dit censés dissimuler de véritables personnes sous les créatures qu'elles mettent en scène, elles ne racontent aucune histoire reconnaissable, ni ne trahissent aucune intimité. Pourquoi alors Staël redoute-t-elle autant leur publicité ? C'est qu'elle sait la puissance dévoilante des fictions. L'écrivain a beau refuser l'autobiographie, effacer ses phrases confidentielles et préférer l'imagination au spectacle du moi, il puise toujours aux sources les plus profondes de son identité. L'intrigue qu'il invente, les personnages qu'il dessine, les situations qu'il explore et jusqu'aux mots qu'il choisit pour donner vie à son univers, loin de le protéger, le mettent à nu. La fiction, pour Germaine de Staël, nous expose bien plus efficacement que n'importe quelle confession. Il en va de même quand on lit : un roman nous touche parce qu'une image ou une scène atteint, souvent malgré nous, les strates invisibles de notre intimité. « L'on aime tels ouvrages parce qu'ils répondent à des douleurs, à des souvenirs qui disposent de nous-mêmes à notre insu », rappelle *De la littérature*. Ce pouvoir de révélation crédite ainsi la fiction d'une clairvoyance supérieure. Alors qu'elle appartient encore aux genres mineurs sous l'Ancien Régime, par comparaison avec la poésie et surtout le théâtre, tous deux considérés comme des registres plus nobles et plus légitimes, Staël, pionnière à son époque, en fait la cristallisatrice de nos vies intérieures. Non seulement le roman atteint pour elle une vérité aussi profonde que la tragédie, mais cette vérité morale, fruit de nos profondeurs englouties, dit tout de nous, comme de l'humanité dont nous sommes les représentants. Puisant aux sources invisibles de notre psyché, parmi « ces sentiments que l'on ne dit point, parce qu'ils se trouvent liés avec nos secrets ou avec nos faiblesses », écrit-elle dans la préface de *Delphine*, la fiction dévoile même ce que nous ne soupçonnions pas de notre personnalité, ni de notre histoire : soit parce que nous n'en avions jamais pris conscience, soit parce qu'effrayés, nous avons préféré l'ignorer.

Rien d'étonnant dès lors si Germaine de Staël, forte de cette conception exigeante et quasi cathartique de l'imagination, écrit peu de romans. Au-delà de son désir d'échapper aux préjugés qui brident à son époque l'écriture féminine en ne lui concédant que cette sphère littéraire, ce choix naît aussi, chez elle, de la crainte de se voir trahie par ses propres fictions. Leur puissance morale ne risque-t-elle pas d'exhiber l'intimité de l'auteure avec plus d'indécence encore que les lettres méthodiquement protégées ? Staël en fait la troublante expérience en 1802 lorsque paraît *Delphine*, son premier grand roman. Il ne s'agit pas vraiment de son baptême en matière de récit. Elle a déjà rédigé plusieurs nouvelles dans sa jeunesse, quelques années après les *Folles*. Mais ces dernières restent mal diffusées, et, sans surprise, Staël les présente comme de modestes productions sans intérêt, ni profondeur. Preuve que les textes imaginaires font toujours l'objet d'une véritable censure sous sa plume. Entre 1800 et 1802 pourtant, elle change de stratégie. Il est temps de faire des concessions : « Après avoir prouvé que j'avais l'esprit sérieux, il faut, s'il se peut, tâcher de le faire oublier et populariser sa réputation auprès des femmes », écrit-elle, non sans ironie, dans sa correspondance. Le traité cède provisoirement la place à la fiction et *Delphine* paraît à Paris et à Lausanne au printemps 1802.

Ce vaste roman épistolaire retrace, sur fond de Révolution, les amours tragiques de Delphine et Léonce. Sa parution, fruit d'un immense travail tant l'écriture de ce récit accapare Germaine de Staël pendant plusieurs mois, la plonge cependant dans l'angoisse. S'autorisant pour la première fois l'invention d'une histoire, déployée sur une plus vaste échelle que la nouvelle grâce à une intrigue complexe et à une galerie de personnages tous engagés dans l'échange épistolaire, Staël découvre la violence et surtout la résonance intime de son imaginaire. Que racontent en effet *Delphine* et son couple impossible, sinon le martyre d'une femme juste, libérale et sensible partout en butte au cynisme des salons ? L'itinéraire sacrificiel de

Delphine, « qui entre dans la vie avec un caractère bon et vrai » et dont les cadeaux et les intercessions généreuses ne provoquent que méprises et catastrophes, rejoue, en lettres fictives, la proscription cruelle dont Germaine de Staël a elle-même été victime sur la scène parisienne. Attaquée, calomniée et accusée de folie, elle porte encore, au plus profond de son âme, les stigmates de cette redoutable épreuve du monde ; de l'âge, particulièrement douloureux, où l'on découvre que les principes auxquels on croit depuis l'enfance et qui ont guidé notre jeunesse – la vertu, la sympathie et les valeurs des Lumières – ne garantissent pas le bonheur. Pire encore, ils ne provoquent qu'une surenchère de malheurs. Les qualités humaines et intellectuelles de Delphine, loin de la combler, entraînent paradoxalement sa chute : l'échec de sa relation amoureuse, tant Léonce supporte mal l'indépendance et les convictions libérales de son amante, puis son exclusion de tous les cercles mondains. C'est l'un des nœuds poignants du récit : l'impossibilité, pour une âme honnête et libre, de vivre au milieu d'un monde qui a fait de l'égoïsme et de l'hypocrisie ses seules règles. Delphine a bien quelques amis qui, comme elle, refusent courageusement la lâcheté et la perfidie du jeu social ; cette loi du plus fort que Staël appelle l'« esprit de corps » et qui pousse les individus à s'agréger pour obéir à ceux qui règnent sur les lieux de pouvoir, si injustes soient-ils, sous peine d'être chassés de leur communauté. Mais ces âmes libres n'ont d'autre choix que de vivre à la marge : hors de Paris, « ce tumulte où l'on finit toujours par recevoir quelques blessures », lit-on dans la lettre I, voire hors de France. C'est en Hollande que s'établissent en effet les rares personnages qui réussissent à être heureux dans *Delphine*.

Le premier roman de Germaine de Staël rouvre ainsi les plaies douloureuses de l'auteure. Loin de surgir *ex nihilo*, il se nourrit au contraire de ses souvenirs obsédants, des scènes qui lui reviennent sans cesse en mémoire et d'une violence traumatique si présente à son esprit, qu'elle irrigue forcément sa fiction. Qu'est-ce qui sort de l'imagination quand on lui lâche la bride, sinon ce qui la hante ? L'hypothèse d'une création distincte de la réalité personnelle de l'auteure n'a donc aucun sens pour Germaine de Staël. Qu'on le veuille ou non, la fiction sollicite toujours notre matière passionnelle. Puisant dans nos affects, visibles ou refoulés, elle les déplace, les travestit, rejoue leurs principaux conflits et donne à lire, au lieu d'une invention inoffensive, la fresque de notre moi le plus intime. En 1802, publiant *Delphine*, Germaine de Staël découvre alors, sous ses yeux et sous les yeux de tous, les inquiétantes couleurs de la sienne : la liberté, la différence et surtout le prix à payer pour les assumer y dessinent des motifs essentiels. L'héroïne, qui croit aux vertus émancipatrices des Lumières, à la justice et au progrès de toute civilisation, incarne une différence insupportable sur la scène du monde. La horde cynique qui en tient les rênes, et que l'honnêteté de Delphine agresse fatalement, ne peut donc que vouloir sa mise au ban : des salons, dont elle se voit chassée sans ménagement, mais aussi de l'humanité, Delphine incarnant, pour ces âmes corrompues, la créature « sauvage » incapable de se plier au jeu social. L'adjectif, récurrent sous la plume de Staël pour caractériser son personnage, souligne sa radicale étrangeté : Delphine ne choisit pas seulement d'obéir à d'autres principes que ceux du monde, elle en transgresse régulièrement les règles et représente, du fait de cette anormalité, une dangereuse menace pour la cohésion du groupe. Elle est folle.

Delphine ne se contente donc pas d'illustrer les dangers de la marginalité. Le récit ouvre aussi la porte à une déraison qui envahit progressivement l'intrigue. Elle reste d'abord une menace lointaine et l'autre nom de l'originalité tant la conduite atypique de l'héroïne suscite l'incompréhension de son entourage. Mais au fil de ses écarts et de leurs sanctions, l'esprit de Delphine s'égare bel et bien. Elle perd sa lucidité, ne comprend plus les réactions provoquées par chacune de ses décisions et doute même de sa capacité à distinguer le bien du mal. Pourquoi sa générosité n'entraîne-t-elle que des malheurs ? La folie change alors de statut. D'exception, elle devient l'étiquette infamante dont se servent les esprits jaloux pour blâmer la différence ou les valeurs qu'ils sont incapables de comprendre. « La médiocrité, écrit Staël dans la lettre XXXI de son roman, ne suppose rien au-delà de sa propre intelligence, et regarde comme folie tout ce qui la dépasse. » Née des passions, aussi bien celles de l'individu que dans *Delphine* celles du groupe, cette entité perverse dominée par la haine et l'aveuglement, la folie désigne l'autre face de la personnalité ; la violence tapie au cœur du sujet comme de toute collectivité – famille, salon, ville ou nation –, au point qu'Henri de

Lebensei, figure du sage dans le roman, y voit le dérèglement toujours possible de la conscience : « Il y a dans presque tous les hommes quelque chose qui tient de la folie, une susceptibilité quelconque qui les fait souffrir, une faiblesse qu'ils n'avouent jamais et qui a plus d'empire sur eux cependant que tous les motifs dont ils parlent ; c'est comme une manie de l'âme, que des circonstances particulières à chaque homme ont fait naître », déclare-t-il.

On comprend que Germaine de Staël ait pris peur en découvrant son récit publié. Son imagination accouche d'un monde devenu fou. Plus encore, *Delphine* ravive, en filigrane, le souvenir de ses plus effrayants cauchemars : sa croisade d'admiratrice des Lumières fauchée par la haine sociale et le vacillement de sa conscience lorsqu'elle découvre que la vertu n'est jamais une promesse de bonheur. Les cyniques triomphent au contraire dans l'intrigue, imposant partout leur cruauté, si bien que plus Delphine déploie ses qualités, plus elle souffre. Preuve troublante que l'égarement a désormais contaminé l'univers tout entier : ce dernier obéit à des lois perverses, à des logiques inversées, à des passions déraisonnables, mais si solidement installées qu'elles s'offrent le luxe d'accuser de folie les quelques justes osant les défier. Il y a là, objectivement, de quoi perdre la raison. Ce baptême mélancolique reste un profond traumatisme pour Germaine de Staël. Il obsède sa mémoire, assombrit ses lettres de cette époque et si elle a jusqu'ici canalisé le flot d'angoisses qu'il suscite en se consacrant prioritairement à l'analyse morale et politique, dès qu'elle ouvre les portes de son imagination en revanche, il jaillit à nouveau ; et laisse monter ses énormes vagues noires.

Delphine est donc beaucoup plus qu'un roman. C'est un maelstrom d'égarements, de souffrances, de maladies de l'âme qui plongent autant les personnages que les lecteurs dans d'éprouvants labyrinthes intérieurs. Sa cousine ne s'y trompe pas : rendant compte de sa propre lecture dans le volet de sa *Notice* consacrée à la création chez Staël, elle évoque la sidération provoquée chez elle par le récit. « Cette lecture est un rêve douloureux où une foule d'images se retrace, où tout ce qu'on a connu se montre, se transforme, se confond sous cent apparences fugitives », écrit-elle. Albertine verbalise ici l'intensité psychique de la fiction telle que Staël la conçoit. L'auteur y invente moins qu'il ne redéploie, même à son insu, les scénarios les plus intimes de sa psyché. Cette profondeur du romanesque, dont Germaine de Staël est la première consciente et qu'elle théorise dans plusieurs traités, n'a pas toujours été bien comprise. Confondue avec le « biographique », l'école critique d'abord incarnée par Sainte-Beuve et qui prétend retrouver la vie réelle de l'écrivain dans les textes qu'il compose, elle a valu à Staël le reproche de raconter sa propre existence dans chacune de ses œuvres. Après tout, ajoutent encore ses détracteurs au XIXe siècle, l'imagination féminine n'est-elle pas par nature incapable de se détacher d'elle-même ?

Or Staël est plus qu'une autre aux antipodes d'une telle ambition. Non seulement parce qu'elle refuse toute sa vie la tentation autobiographique, mais parce que l'écriture, pour elle, nous expose inévitablement. Nul besoin pour cela de rédiger des confessions, ni de s'illustrer dans un registre dont l'intime serait la matière d'élection. L'analyse et plus encore l'invention naissent autant, et davantage encore que l'autobiographie, de nos affects. C'est à l'intérieur de nous qu'elles puisent leur énergie et aucun texte ne voit jamais le jour sans un élan surgi de nos profondeurs personnelles. Cette résonance ne constitue cependant pas un reflet direct. L'auteur ne montre pas la réalité de lui-même dans ses ouvrages, pas plus qu'il ne raconte effectivement sa vie à travers les aventures de ses personnages ; ses récits en revanche, surtout s'ils sont imaginaires, traduisent dans une langue chiffrée ses paysages intérieurs. La fiction, à la manière du rêve, se présente au public sous la forme d'un rébus : la matière intime qui la compose ne se donne pas à lire directement, mais exige d'interpréter ses images, ses associations, sa trame narrative et jusqu'aux mots mêmes qui nous racontent et nous dévoilent « à notre insu », pour reprendre la formule de Staël. Cette langue cryptée cependant, parce qu'elle émane de la part irrationnelle de nous-mêmes, échappe à la conscience de l'auteur autant qu'à celle du lecteur. De là naît, sans doute, l'étrange fascination qu'elle exerce. Telle page nous arrête soudain parce qu'elle réveille au fond de nous un souvenir ou une scène fondatrice de notre trajectoire, si forts ou si dérangeants que nous avions préféré les oublier.

C'est cette puissance spéculaire qui se rappelle violemment à Germaine de Staël au moment de la parution de *Delphine.* Alors qu'elle avait cru se protéger des dévoilements intimes ou qu'elle les avait par prudence évités jusqu'ici, voilà qu'elle découvre, inscrits au cœur de son premier roman, des nœuds dont elle ne soupçonnait pas la présence et des blessures qu'elle pensait cicatrisées depuis longtemps. Elle s'en inquiète dès la rédaction. La trame fictionnelle, pendant ces longs mois d'écriture, l'emporte malgré elle et libère sous sa plume des scénarios qu'elle n'avait pas anticipés. Le 11 juin 1801, elle confie ses craintes à l'un de ses proches amis : « J'écris mon roman avec zèle ; il sera publié quand je quitterai Paris l'année prochaine, mais en vérité il faut presque de la hardiesse pour rester dans une ville où l'on lit un roman de vous. Les idées générales vous entourent d'une sorte de nuage, mais laisser lire au fond de son cœur, c'est effrayant. » Cette peur de se voir soudain mise à nu n'est pourtant pas une découverte. Staël s'en souvient pour l'avoir déjà éprouvée au commencement de sa carrière ; lorsque ses premières fictions sont publiées et que leurs trames jettent, à sa stupéfaction, une lumière aveuglante sur ses royaumes intérieurs. *Delphine* est donc moins pour elle un baptême que la confirmation des pouvoirs introspectifs du romanesque.

Sa publication éclaire en revanche, presque vingt ans plus tard, le mystère des trois *Folles* : et si ces dernières avaient disparu parce qu'elles en disaient plus que *Delphine* ? Staël, qui consent avec beaucoup d'appréhension à publier son roman en 1802, n'autorise en effet qu'une circulation confidentielle de *La Folle de la forêt de Sénart*, *La Folle du Pont Neuf* et *L'Imbécille d'Allemagne*, quand elle ne les passe pas totalement sous silence. Pourquoi tant de précautions, si ces premières fictions ne la dévoilaient pas davantage ? L'heure est donc enfin venue de rouvrir ce dossier en privilégiant ces nouvelles pistes. Les *Folles* ont peut-être disparu pour que disparaisse avec elles la violence de leurs révélations. Mais que racontent-elles ? De quels sombres secrets doivent-elles rester le tombeau ?

L'interdit féminin

Un premier indice figure sur les pages intérieures de *Delphine*. Staël choisit d'y mettre en exergue une phrase de sa mère : « Un homme doit savoir braver l'opinion, une femme s'y soumettre ». Cette maxime provient d'un ouvrage intitulé *Mélanges extraits des manuscrits de Madame Necker*. Il s'agit d'une anthologie de fragments et de réflexions morales rédigés par Suzanne Necker et vraisemblablement publiée après sa mort : le nom de l'auteure n'y apparaît en effet que dans le titre, suggérant qu'elle ne serait pas elle-même à l'origine de cette publication. Le lecteur découvre alors que la carrière romanesque de Germaine de Staël s'inscrit en réalité dans une filiation : le geste d'écrire relève autant, chez elle, de l'audace individuelle que d'une généalogie qui lui tient d'autant plus à cœur qu'elle l'affiche et la revendique explicitement. Avant la fille, il y eut la mère et l'enquête sur les premiers pas littéraires de Staël remonte aussitôt, à son invitation, sur les traces de Suzanne Necker : leurs encres, étrangement, se mêlent à l'écritoire.

Cette archéologie se révèle pourtant déconcertante. Personne, en effet, ne connaît l'œuvre littéraire de Suzanne Necker. Ni à notre époque, ni, de manière plus troublante encore, à la sienne. Non que Suzanne Necker n'ait laissé aucune trace dans la mémoire collective : Germaine de Staël est au contraire la fille unique d'une prestigieuse famille et ses parents forment l'un des couples les plus brillants de l'Ancien Régime. Son père, Jacques Necker, occupe le poste de ministre des Finances à la fin du règne de Louis XVI. Il vit ainsi au plus près, et au fil d'une carrière mouvementée, le crépuscule de la monarchie. La politique progressiste qu'il tente de mener en faveur du tiers état, d'une plus grande justice fiscale et de l'abolition de l'esclavage qu'il réclame en pionnier lui vaut une popularité contrastée. Adoré par les victimes de l'inégalité institutionnalisée en France depuis plusieurs siècles, il s'attire sans surprise la haine des puissants. Les plus riches, les chefs des grandes compagnies maritimes comme les propriétaires de plantations aux colonies, tous maudissent ce libéral qui ose remettre en cause leur domination. Necker, non content de proposer un programme aussi subversif dans la France monarchique, a en plus contre lui d'être suisse et protestant. Les mesures qu'il préconise sont donc d'autant plus illégitimes qu'elles émanent d'un étranger qui ne partage même pas la religion du trône. Difficile, en 1780, de cumuler griefs plus rédhibitoires. Immergé dans une cour des plus conservatrices, Jacques Necker y importe pourtant courageusement les vertus de l'ailleurs : géographique puisqu'il est né à Genève où il fait d'abord une brillante carrière de banquier, mais aussi sociologique puisqu'il n'appartient pas à l'aristocratie, mais à cette bourgeoisie qui a su réussir dans les affaires. Il ne doit donc qu'à ses talents ce que d'autres reçoivent sans effort à la naissance. Germaine de Staël, accusée toute sa vie de différence et qui ne se reconnaît jamais dans les élites de son temps, hérite en réalité d'une marginalité sociale qui marque déjà douloureusement la carrière de son père.

L'épouse de ce dernier, qui se nomme Suzanne Curchod avant son mariage, vient elle aussi de l'autre côté de la frontière. Originaire du Jura suisse, elle est la fille unique d'une famille très modeste dont le père, pasteur, veille scrupuleusement au respect des valeurs religieuses et morales. Passionnée par le savoir, Suzanne s'écarte elle aussi des normes de l'époque. Son goût pour la lecture, les sciences et la réflexion la dote d'une culture et d'un esprit critique bien supérieurs à la moyenne de ses compatriotes. Formée par son père, elle bénéficie même d'une éducation réservée aux hommes sous l'Ancien Régime. À cette indépendance intellectuelle s'ajoute la singulière autonomie à laquelle la contraint la mort précoce de ses parents. Suzanne, très jeune encore, n'a d'autre choix que de travailler comme préceptrice pour gagner sa vie. Suivant quelques années plus tard sa protectrice à Paris, elle y fait par hasard la connaissance de Jacques Necker. Leur mariage, en 1764, marque un tournant décisif dans sa vie : de simple dame de compagnie, elle devient en l'espace de quelques mois l'épouse d'un riche banquier, puis du ministre sans doute le plus influent du règne de Louis XVI. Passant de l'obscurité à la gloire, Suzanne soutient alors la carrière de son époux en tenant un salon particulièrement prisé des encyclopédistes. Tous les esprits brillants et éclairés de son temps s'y précipitent. Pendant que les rues résonnent du nom de Necker, partout acclamé, chanté ou promené en effigie lors de processions euphoriques entre 1778 et 1789, des salons de l'hôtel Le Blanc, au cœur du Marais, monte chaque vendredi à l'unisson la rumeur des conversations savamment orchestrées par Suzanne. Il gouverne à l'extérieur, elle règne à l'intérieur ; il s'expose, elle s'efface ; il est l'arbre, elle le lierre, pour reprendre l'image de Suzanne lorsqu'elle souligne elle-même la remarquable symbiose de son couple. L'histoire de Germaine de Staël commence ainsi sous les meilleurs auspices. Savoirs, célébrité, valeurs libérales et proximité avec les philosophes de haut vol : rarement parcours aura été si précocement baigné par la lumière.

Une ombre assombrit pourtant cette image idéale. La famille Necker forme certes un trio bienveillant, soudé par les sentiments et dont les membres se vouent un véritable culte qui suscite autant l'envie que l'admiration. « Singulière famille que la nôtre », écrit Necker dans ses carnets. La formule, devenue célèbre, est reprise par Staël à la mort de son père. Elle y ajoute, en réponse à ceux qui s'étonnent qu'un tel amour ait pu les unir tous les trois jusqu'au bout, triomphant des pires épreuves, même celle du temps : « Oui, nous nous sommes aimés, nous avons eu le besoin de le dire. » La rancœur cependant, la frustration et les tensions n'ont pas disparu de la maison Necker. Au contraire, la proximité quasi fusionnelle de Jacques, Suzanne et Louise, puisque tel est celui de ses trois prénoms – Anne, Louise, Germaine – que se choisit leur fille dans ses premières années en hommage à sa marraine, cette proximité exacerbe les passions. La famille Necker, si « singulière » soit-elle, n'en réunit pas moins trois personnalités elles aussi sujettes, du fait de leur humanité, à toutes les complexités de l'amour, *a fortiori* quand il est aussi fort : le désir, la possessivité, la jalousie, la rivalité, la lutte à mort pour exister. En un mot, la passion. Le trio Necker constitue même, puisqu'il s'est beaucoup aimé et qu'il a beaucoup analysé les relations qui unissent ses différents membres, un laboratoire privilégié des nœuds familiaux. Les affects y sont si intenses, et s'y développent dans un microcosme si fertile à leur éclosion, pour reprendre la métaphore végétale avec laquelle Suzanne caractérise sa relation avec son mari et sa fille, que cette famille ressemble bel et bien à une serre. Les passions, semblables à un parterre de plantes, y croissent dans une telle luxuriance que les plus belles espèces, comme les plus vénéneuses, offrent à l'observation des spécimens remarquablement développés. On apprend ainsi de toutes les familles en observant celle des Necker ; et les Necker rejouent, avec une intensité décuplée, l'histoire de toutes les familles.

Une guerre aussi violente que silencieuse y fait rage sous la façade harmonieuse. Elle a pour enjeu l'écriture féminine. Jacques Necker, ministre progressiste à l'origine des mesures les plus éclairées de la fin de l'Ancien Régime, ne supporte pas qu'une femme écrive. Lui, le protestant libéral, le défenseur des intérêts du peuple et de l'esclave, s'oppose à ce que la femme bénéficie de tous les droits. Pourquoi ? Parce que pour lui la publicité féminine est toujours indécente. S'offrant à des inconnus et circulant de mains en mains, l'ouvrage publié par une femme relève moins de l'initiative littéraire que du scandale moral : il met à nu des secrets, exhibe une identité domestique et transgresse les lois de la nature qui assignent à la femme des fonctions essentiellement biologiques. Procréer, nourrir, protéger : telles sont, sous l'Ancien Régime, les prérogatives d'une féminité essentiellement réduite à son volet corporel. La connaissance ne lui est pas interdite. Elle se révèle au contraire d'autant plus nécessaire que la mère accompagne l'éveil intellectuel de l'enfant au cours de ses premières années. Mais elle doit rester modérée : non seulement la femme n'en sait pas plus que ce qu'exige son rôle d'éducatrice, mais elle sort de son rang si elle se cultive pour le seul plaisir de développer son esprit. Jacques Necker a lu scrupuleusement *Émile ou De l'éducation* : pour les hommes et les femmes de sa génération, le traité pédagogique publié par Rousseau en 1762 constitue un véritable bréviaire ; un code de l'éducation idéale à destination des garçons, tous élevés sur le modèle d'Émile dans les milieux privilégiés, mais aussi des filles, même si le livre V, consacré à « Sophie ou la femme », respire une méfiance envers le sexe féminin qui nous paraît aujourd'hui, à juste titre, d'une insupportable misogynie. À la fin des Lumières cependant, rares sont les voix qui s'offusquent du mélange de haine et de peur transpirant de ces pages de Rousseau. Ses préceptes pédagogiques deviennent au contraire la nouvelle norme du temps et à la question de l'éveil intellectuel des jeunes filles, *Émile* apporte une réponse sans équivoque : la nature, y lit-on, « veut qu'elles pensent, qu'elles jugent, qu'elles aiment, qu'elles connaissent ; qu'elles cultivent leur esprit comme leur figure ; ce sont les armes qu'elle leur donne pour suppléer à la force qui leur manque et pour diriger la nôtre. Elles doivent apprendre beaucoup de choses mais seulement celles qu'il leur convient de savoir ». On ne saurait limiter plus clairement l'étendue du savoir féminin. L'écriture, hors des lois de la nature et ne servant en rien la sphère familiale, n'en fait donc pas partie. Pire encore : elle les pervertit. Transgressant les devoirs du sexe et trahissant le foyer domestique, soudain exhibé de manière obscène, l'écriture rapproche la femme de la courtisane. Quelle différence, s'enflamme encore Rousseau, entre celle qui vend son corps et celle qui se donne à lire ? Toutes deux appartiennent à la catégorie des femmes publiques. Elles sont hors de leur rang, hors de leur place et de cette intériorité dont il est plus que jamais immoral de s'éloigner.

Ces préceptes ne restent pas théoriques. Jacques Necker veille au contraire, même avec bienveillance et tendresse, à ce qu'ils s'appliquent sous son propre toit. Sans surprise, il dissuade donc Suzanne de devenir auteure. Plusieurs indices témoignent pourtant de la passion de l'écriture qui anime cette dernière : la quantité de ses papiers conservés dans les archives, preuve qu'elle consigne sa vie durant des pensées, des réflexions morales, des considérations philosophiques et littéraires, mais aussi son impatience à prendre la plume. Suzanne profite de la moindre occasion pour écrire. Elle a besoin de cette proximité des phrases et l'installe même au cœur de son intimité. Écrire n'est pas seulement pour elle un plaisir, c'est aussi un exercice et un devoir quotidiens. Une école de justesse et d'intransigeance dont Suzanne trouve le modèle dans les *Spectateurs* qui paraissent à la même époque en Angleterre : le terme désigne alors des recueils d'observations inspirés de l'univers journalistique et dans lesquels l'auteur invente moins qu'il ne consigne des remarques, des maximes, des saynètes dont il a été témoin et qu'il restitue le plus fidèlement possible. Le « spectateur » se veut l'œil impartial de son temps ; l'arbitre des mœurs, mais aussi de sa propre existence passée au crible de son jugement. Cette rigueur fascine Suzanne et la guide dans chacun de ses travaux : écrire suppose toujours pour elle de bien écrire ou d'écrire le moins maladroitement possible. De chercher le mot juste et la syntaxe la plus économique. Pas d'excès, de passion, ni d'éclat. Le moi n'entre en scène que pour se scruter rigoureusement et livrer, à l'aune de sa propre expérience, une connaissance morale susceptible d'intéresser l'ensemble du public.

De toutes ces pages pourtant, et de leurs stimulantes promesses, aucune ne voit le jour de son vivant. Celle qui écrit toute sa vie en « spectatrice » de son intériorité et de son époque ne publie quasiment rien. Suzanne Necker ne laisse presque aucune trace dans le paysage littéraire. Un seul de ses textes paraît en 1790, il s'agit d'un traité médical. Intitulé *Des inhumations précipitées*, il s'adresse aux administrateurs d'hôpitaux pour réclamer une plus grande vigilance dans les soins accordés aux défunts : comment s'assurer qu'ils sont bien morts ? Quelles techniques privilégier pour éviter le risque terrifiant de les enterrer s'il subsiste encore en eux le moindre souffle de vie ? L'enjeu, on le voit, n'est pas ici esthétique, mais plutôt moral, philanthropique et politique. Suzanne Necker soulève une question de santé publique qu'elle connaît d'autant mieux qu'elle a fondé, en 1778, un établissement médical appelé l'« Hospice de la Charité » et rebaptisé en 1802 du nom que nous lui connaissons aujourd'hui encore : l'« Hôpital Necker ». Pendant dix ans, elle s'y consacre à temps complet et déploie toute son énergie dans l'espoir d'améliorer le sort des malades. Elle promeut une hygiène régulière, l'installation des patients dans des lits individuels, alors qu'ils dormaient jusqu'ici mêlés les uns aux autres, se transmettant virus et bactéries, et une approche rationnelle des derniers instants. Une durée légale d'observation se généralise enfin pour les malades qui viennent de décéder, afin de s'assurer qu'ils sont bien morts et de permettre à la vie de les quitter progressivement. Pour Suzanne, comme pour la plupart des médecins de l'époque, la mort est moins un événement qu'un processus jalonné par différentes étapes qu'il convient de respecter scrupuleusement. *Des inhumations précipitées* n'a donc rien d'un travail d'écrivain. Suzanne ne s'en cache pas : « Ce Mémoire est le fruit d'observations longues et attentives, faites dans un hôpital de malades, par une personne qui l'a gouverné pendant dix ans », précise-t-elle en guise d'avertissement. Rien ne s'oppose dès lors à sa publication : Suzanne Necker y disparaît au contraire comme auteure au profit d'un programme médical adressé à la municipalité de Paris et se voulant un geste utile pour le pays et pour ses citoyens les plus fragiles.

Il en va tout autrement de ses textes personnels. Les réflexions de Suzanne sur la mort, la religion, la justice ou la différence entre le bien et le mal, ses analyses littéraires de *La Nouvelle Héloïse* ou le souvenir de ses conversations avec Diderot ou Buffon, pour ne citer que quelques-uns des territoires qui intéressent sa vie intérieure, ce vaste ensemble reste invisible de son vivant. Les papiers privés de Suzanne ne quittent jamais le secret de son cabinet. Il faut attendre sa disparition, le 15 mai 1794, pour qu'un projet d'édition soit envisagé pour la première fois. À cet injuste décalage qui ne consacre l'auteure qu'à contre-temps et surtout de manière posthume s'ajoute le fait, non moins contestable, que son époux supervise lui-même la valorisation de cette œuvre. C'est Jacques Necker, plusieurs mois après la mort de sa femme tant aimée, qui entreprend de faire connaître la richesse et la complexité de sa pensée. Il se plonge alors dans les notes inédites de Suzanne, parcourt l'ensemble des liasses et des brouillons minutieusement conservés au fil des ans et en prépare une sélection. Ainsi naissent en 1798 les *Mélanges extraits des manuscrits de Madame Necker*. Comme leur titre l'indique, il s'agit d'une anthologie. Seuls une centaine de fragments issus des papiers accumulés par Suzanne au cours de son existence échappent à l'oubli. Leur nombre reste considérable puisque ce sont au total trois volumes qui voient le jour en Suisse, chez Pougens, en 1798. Il n'empêche : le geste éditorial de Necker, s'il se veut un véritable hommage, à la fois amoureux et intellectuel, à celle qui a partagé sa vie, s'apparente aussi à un travail de censure. Necker choisit seul, et arbitrairement, ce qu'il juge digne d'être publié des écrits de Suzanne. Et il ne s'arrête pas là. Après s'être intronisé architecte des *Mélanges*, il persiste, même au moment de révéler enfin au public une partie de ces textes, à minorer leurs qualités littéraires.

Non que les écrits de Suzanne ne méritent pas à ses yeux de circuler, ni de lui garantir une place, si modeste soit-elle, dans la postérité. Son œuvre au contraire, Necker y insiste, émane d'un esprit supérieur qui analyse sans cesse, et brillamment, les grands enjeux de son temps. Suzanne Necker est avant tout pour lui une moraliste, voire une philosophe qui n'hésite pas à s'emparer des questions les plus brûlantes de l'actualité. Réagissant par exemple, quelques années plus tôt, à la loi du 20 septembre 1792 autorisant le divorce pour la première fois dans l'histoire française, Suzanne rédige des *Réflexions sur le divorce* qui condamnent officiellement une mesure qu'elle juge aussi immorale que dangereuse pour les mœurs. Les progrès de la maladie qui l'emporte deux ans plus tard l'empêchent toutefois d'entreprendre l'édition de son traité, laissé inachevé. Necker se charge alors d'apporter les ultimes corrections au manuscrit des *Réflexions sur le divorce* et accompagne surtout sa parution à la place de Suzanne. Il s'agit pour lui d'une œuvre incontestablement utile aux moralistes comme aux citoyens et qui mérite, à ce titre, de voir le jour. Suzanne cependant, s'empresse-t-il d'ajouter, n'aurait jamais pris d'elle-même l'initiative de sa publication : « Je ne sais si jamais elle l'eût fait paraître tant elle avait d'indifférence pour les applaudissements qu'on décerne aux talents de l'esprit », lit-on à l'ouverture du traité. L'hypothèse est ici d'autant plus convaincante que l'intéressée, tout juste décédée, ne peut plus la démentir. Suzanne Necker, à en croire les analyses de Jacques, n'aurait donc jamais manifesté le moindre désir d'être auteure.

Elle y aurait même renoncé par pudeur et par honte de la publicité, préférant à cette dernière la discrétion et la modestie enracinées chez elle par une solide éducation protestante.

Jacques Necker joue par conséquent un rôle des plus équivoques dans la valorisation des écrits de Suzanne. Sous couvert de les faire connaître, et de rendre un sincère hommage à son épouse, il ne cesse en réalité de les fragiliser. C'est l'enjeu, ambigu, de chacune de ses préfaces. Véritables passeports pour l'éternité de Suzanne, ces dernières se révèlent d'autant plus stratégiques qu'elles dessinent, pour la première fois, le cadre officiel de sa mémoire et surtout les contours de sa légitimité d'écrivain. Or, sur ce registre, l'affaire semble entendue : Suzanne n'est pas une auteure, mais plutôt une moraliste restée, sa vie entière, sans la moindre ambition littéraire. Pire encore, ses écrits seraient dépourvus de toute valeur esthétique. Et pour cause, ils ne sont pas destinés au public, mais à la scène privée dont ils n'auraient jamais dû sortir. C'est le cas des *Réflexions sur le suicide* telles que Necker les présente en 1794 : Suzanne, prétend-il, les rédige sans se préoccuper le moins du monde de son talent. Elle y privilégie au contraire la réflexion et l'analyse d'un problème de fond, en l'occurrence le divorce, sur le désir de plaire ou de faire la moindre carrière.

Mais à l'en croire, ce qui est beaucoup plus troublant, il en irait de même des *Mélanges* publiés quatre ans plus tard : « Elle n'a jamais regardé le public en se rendant compte à elle-même de ses impressions », précise Necker dans les « observations » dont il fait précéder le premier volume. Rien de brillant par conséquent sous la plume de Suzanne, ni d'élaboré dans le but de s'inscrire dans tel ou tel genre littéraire. La mère de Germaine de Staël écrirait avant tout pour elle, sans se soucier de la publication, ni de la conformité de ses notes avec les modèles canoniques de son époque. C'est ce qui expliquerait le caractère hétérogène, voire inclassable de ses manuscrits. S'agit-il de maximes, de fictions, de réflexions philosophiques ou de dialogues ? Plutôt d'un « commerce d'esprit et de littérature », précise Necker, n'obéissant à aucune forme officielle, à l'image de ces « écrits solitaires, où l'on n'a songé qu'à fixer ses réflexions et à marquer le cours de ses sentiments journaliers ». Difficile de rendre un hommage plus ambivalent. Necker, prenant ainsi le contrôle de la visibilité de son épouse, veille surtout, implicitement et peut-être même inconsciemment, à ce qu'elle ne devienne jamais un véritable écrivain : ni de son vivant puisque tous ses textes, à l'exception de son traité médical, paraissent de manière posthume, ni pour la postérité puisque Suzanne, réduite à ses réflexions solitaires, aurait écrit sans jamais composer une œuvre digne de ce nom.

Le fantasme en héritage

C'est donc une lourde histoire que réveille l'épigraphe de *Delphine*. La trace d'un crime presque parfait même, puisque l'auteure Suzanne Necker, sans cette dédicace de sa fille, aurait disparu corps et âme. Il subsiste bien d'elle les trois volumes de ses *Mélanges*. Mais outre qu'ils sont fabriqués par son mari, ils paraissent de manière posthume et ne disent rien, surtout, de son propre désir. Comment Suzanne elle-même a-t-elle conçu sa création ? Qu'a-t-elle voulu pour ses écrits ? Que reste-t-il enfin de sa voix, de ses intentions et de son rapport personnel à l'écriture ? Pendant près de vingt ans, elle n'a jamais crié, ni rien revendiqué. Suzanne, auteure, s'est laissé ensevelir en silence. Pourquoi ? Par amour sans doute et par fidélité. Elle a toujours voué une véritable passion à son époux. Elle s'est donc conformée à toutes ses volontés, a soutenu chaque étape de sa carrière et cherché, sa vie entière, à lui offrir ce qu'elle considère comme l'idéal féminin : une ombre bienfaisante, une muse indispensable et discrète, un oxygène aussi vital que le « lierre » l'est au chêne, qu'il rafraîchit en soutenant sa puissance. « Dans un ménage bien assorti, la femme doit *mener* et le mari doit *conduire*. L'un tient au sentiment, et l'autre à la réflexion », note-t-elle dans ses *Mélanges*. Chacun sa place donc et chacun son registre au sein du couple. L'équilibre, tel que Suzanne le conçoit, ne repose pas seulement sur une différence assumée entre le masculin et le féminin : il exige aussi une répartition très claire de leurs prérogatives. À la femme l'intériorité et la sphère sensible, à l'homme le rayonnement public et l'analyse. Les lumières de l'épouse ne doivent briller qu'à contrejour : « Une femme, ajoute encore Suzanne, doit cultiver surtout les connaissances propres à la conversation ou à la disposition de l'âme de son époux. »

Or Germaine de Staël, dédiant ostensiblement son premier roman aux *Mélanges* de sa mère, semble s'approprier cet héritage. Pouvait-il en être autrement pour cette fille unique ? Avait-elle même la liberté, dans une telle configuration, de ne pas se situer dans le sillage de Suzanne, ni surtout d'interroger à son tour la place du féminin sur la scène familiale ? Sans doute pas. Non seulement Louise Necker, comme la désignent ses proches durant toute sa jeunesse, n'a pas d'autre choix, en l'absence de modèles et de miroirs alternatifs auxquels s'identifier, que de suivre d'abord les traces maternelles au moment de forger sa propre féminité. « Nous ne disposons ni de notre naissance, ni de notre mort, et plus des trois quarts de notre destinée sont décidés par ces deux événements », rappelle-t-elle dans *De l'Allemagne*, insistant sur l'importance fondatrice de nos premières années. Mais Louise écrit elle aussi. Et dès son plus jeune âge. Elle y est bien sûr encouragée par sa mère, elle-même sauvée par l'éducation vingt ans plus tôt et qui sait donc mieux que quiconque l'importance de la connaissance dans les trajectoires féminines. La filiation, en plus d'être physique, engage dès lors entre elles la création et l'émancipation par les mots : ceux qu'on lit, mais plus encore ceux qu'on rédige et qui nous grisent autant qu'ils nous réparent. Suzanne installe ainsi, le plus tôt possible, la petite Louise au milieu des livres. Elle a de la chance. Sa fille montre des prédispositions intellectuelles hors du commun. Une très grande vivacité, une mémoire prodigieuse, une capacité d'absorption et d'analyse si rapides et si précoces qu'elles en font une écolière surdouée : curieuse jusqu'à la passion, ultra-sensible, capable à sept ans de discuter plusieurs chapitres de Montesquieu et de réécrire, à peine sortie d'un spectacle, les cinq actes de la tragédie qui vient de l'émouvoir aux larmes. Louise, à l'évidence, n'est pas une enfant ordinaire. « Il y avait trop de disproportion entre elle et les autres », note même sa cousine, allant jusqu'à diagnostiquer, dans ces facultés atypiques, un don réversible, mélange d'élection et de malédiction qui aurait fait de Germaine de Staël, toute sa vie, « un génie audacieux et une femme malheureuse ».

Cette ambivalence, en réalité, caractérise déjà son enfance. Louise avide, passionnée, brillante, guettant sans cesse l'approbation de sa mère et redoutant plus que tout de la décevoir ou de ne pas être à la hauteur de son idéal, apprend frénétiquement. Elle lit, dévore les textes les plus exigeants, prend des cours d'anglais et de musique : tout ce dont sa mère, née dans un milieu trop modeste, n'a pas eu la chance de bénéficier à son âge. Un véritable transfert s'établit alors entre elle et sa fille. Une projection plutôt, la petite Louise venant inconsciemment sublimer la destinée de Suzanne ; son impossibilité de briller faute d'avoir pu se consacrer au savoir, son deuil d'une vie exclusivement intellectuelle faute d'une véritable autonomie financière. Tout ce que dont Suzanne a manqué, Louise, une génération plus tard, en jouit à foison.

L'écriture ne fait pas exception. Comment Louise, qui grandit parmi les phrases et les bons mots des encyclopédistes invités chaque vendredi par sa mère, aurait-elle pu ne pas vouloir tenir une plume à son tour ? Il existe encore, dans les archives de Coppet, une dizaine de ses premiers cahiers. Elle y note ses idées, ses vers préférés, son répertoire dramatique idéal et ce qu'elle dirait à sa mère si elle trouvait un jour le courage de lui ouvrir son cœur. S'y ajoutent les nombreux billets qu'on lui adresse dès sa naissanc. Le couple Necker est alors si célèbre que la venue au monde de leur fille représente un événement. Partout autour d'elle, en ce printemps 1766, les mots abondent et rivalisent de brio pour rendre hommage à cette enfant des Lumières. Outre ces pages d'écolière, émouvantes et déjà si sérieuses, Louise Necker, devenue adolescente, tient également un journal. Il reste, aujourd'hui encore, son premier texte connu. Nous sommes le 26 juin 1785. Elle a dix-neuf ans. Et ose son baptême d'écriture.

Plusieurs spectres aussitôt se dressent sur sa route. Des voix intérieures aussi respectables que menaçantes et qui rappellent à la jeune femme à quel point il est sacrilège, pour une personne de son sexe, de se vouloir auteure. Celle du père, sans surprise, tonne au-dessus des autres. Necker a bridé les ambitions littéraires de Suzanne, comment pourrait-il tolérer celles de sa fille ? Sa réprobation plane même si lourdement que Louise, impressionnée, n'ose pas prendre directement la parole au moment de lancer ses premières phrases. Prudente, elle tente plutôt un dialogue avec cette présence tutélaire : « Tourne le feuillet, papa, si tu l'oses, après avoir lu cet épigraphe ; ah ! je t'ai placé si près de mon cœur que tu ne dois pas m'envier ce petit degré d'intimité de plus que je conserve avec moi-même », écrit-elle au début du journal. Ainsi commence l'œuvre de Louise. Ce sont ses premiers mots d'auteure. La crainte, sans surprise, s'y mêle au défi. Jacques Necker incarne à la fois la tendresse – ce « papa » intact à dix-neuf ans, alors qu'elle dira « mon ange » ou « mon ami » quelques années plus tard, une fois quittée la maison paternelle –, mais aussi l'interdiction. Le tabou même, pourtant enfreint ici avec une telle audace qu'elle risque d'effaroucher le chef de la famille : « Tourne le feuillet, papa, *si tu l'oses…* », prévient la jeune femme. L'écriture de Louise Necker prend d'emblée la forme d'une transgression. Elle est à la fois jouissance et terreur, délices et supplices : oui, je t'ai désobéi, avoue Louise à celui qu'elle aime plus que quiconque ; mais vois à quel point tu m'accompagnes. Quel respect j'ai pour toi, dont les mots précèdent immédiatement les miens et les guident. Le journal de Louise s'ouvre, lui aussi, sur une phrase en exergue. Un extrait de l'œuvre politique de Necker, *De l'administration des finances*, et de la trace brillante qu'il laisse comme ministre. Là où *Delphine* convoque en 1802 la mémoire de Suzanne, le journal, vingt ans plus tôt, s'appuie sur les phrases paternelles. Le pupitre staëlien, à peine inauguré, révèle donc un incroyable roman familial. Un troublant mélange d'amour et de crainte, de fidélité et de liberté, d'obéissance et d'affranchissement. La folie guette.

Elle surgit explicitement quelques pages plus tard, à la date du 10 août 1785. Louise Necker raconte ce jour-là, dans son journal, l'étrange combat auquel elle et Suzanne viennent de se livrer. Jacques Necker, plus que jamais au centre du trio, en est l'objet. Qui, de l'épouse ou de la fille, rédigera le meilleur portrait du grand homme ? C'est en effet une joute littéraire qui les oppose : Louise et Suzanne doivent chacune composer un éloge de Necker à la hauteur du modèle, qu'elles admirent profondément. L'écriture de la fille, à peine lancée, entre donc immédiatement en concurrence avec celle de la mère. Elle la défie, mais la met également en danger : et si elle surpassait les talents maternels ? N'y a-t-il pas déjà, dans le geste de Louise et ce concours de plume qu'elle accepte, une provocation ? Non seulement elle oblige Suzanne, l'auteure invisible et silencieuse, à se découvrir et à montrer ses talents ; mais elle clame aussi, haut et fort, son propre refus de la discrétion. Alors que sa mère s'est tue pendant tant d'années, ou n'a écrit qu'en murmurant dans la solitude de son cabinet, Louise la convertit au duo public. Rien ne va plus dans l'écritoire féminine. Voici venu le temps de l'audace. Des voix qu'on ne craint plus de faire entendre. Des mots jetés, comme des gants, aux pieds du père.

Les deux concurrentes se lancent alors dans le périlleux exercice. Necker, embarrassé, n'ose pas départager leurs plumes, déclarées aussi méritantes l'une que l'autre. Mais Louise, plus téméraire, se livre à une critique sans concession du style maternel. Suzanne, note-t-elle dans son journal, écrit avec talent et brio. Elle est capable d'une rare densité et d'une profondeur incomparable. Il lui manque cependant la flamme. Le génie. Ce que Louise appelle « l'abandon » et « l'expression originale du caractère ». Suzanne, en d'autres termes, reste prisonnière de sa maîtrise et de son obéissance. Elle écrit bien, mais si bien même qu'elle s'interdit les écarts et les fulgurances qui, même si elles enfreignent les règles, garantissent au texte sa puissance. Le contrôle reste un précieux atout, mais qui ne vaut pas l'éclat surgi d'où ne sait où : cette « faculté de rapprocher des idées par des côtés nouveaux » qui laisse l'auteur sans voix et plonge également le lecteur dans des abîmes insoupçonnés. Cet épisode révèle l'autre violence qui sous-tend l'écriture de Louise Necker. Elle ne lui coûte pas seulement la désobéissance aux ordres de son père, mais la confrontation explicite avec sa mère. Là où cette dernière se contraint, Louise laisse libre cours à son imagination. Elle laisse advenir des mots étranges, des syntaxes inattendues et des associations inédites qui confèrent à son portrait de Necker le feu de la vie. Suzanne compose une magnifique statue de cire, Louise un éloge aussi vibrant qu'incarné.

L'affrontement entre les deux femmes ne s'arrête pas à cette différence de chaleur et d'enthousiasme. Si le scénario œdipien particulièrement marqué de cette année 1785 en fait les rivales de la faveur paternelle, Louise n'oublie pas, au moment d'analyser le style de sa mère, que cette dernière n'a jamais eu le droit de publier. Ces phrases qu'elle vient de disséquer, et ce talent qu'elle met en lumières, Suzanne, en réalité, ne l'a jamais fait connaître. Elle n'en a pas tiré d'autres plaisirs que ceux de son cabinet solitaire. Or cette discrétion, loin de répondre à son désir, représente, aux yeux de sa fille, un douloureux sacrifice. C'est l'incroyable révélation du journal de Louise : là où Necker répète, à chacune de ses préfaces, que Suzanne ne souhaitait ni faire une œuvre, ni la publier, Louise dénonce au contraire l'abnégation de sa mère ; sa plume empêchée. Pour elle en effet, Suzanne ne choisit pas de ne pas être auteure. Elle se l'interdit, à la fois par soumission au désir de son époux et par amour pour lui. Quel don plus sublime à ceux qui nous sont chers que le renoncement aux désirs qui nous tiennent profondément à cœur ? Louise Necker, au moment de devenir auteure à son tour, réinterprète par conséquent la disparition maternelle. « Si maman avait écrit, je suis persuadée qu'elle aurait acquis une très grande réputation d'esprit ; mais mon père ne peut pas souffrir une femme auteur », précise-t-elle ce 10 août 1785. Pas question de croire en la légende d'une Suzanne délibérément effacée. Sa mère a bel et bien rêvé de devenir écrivain. Et sa fille le sait qui lui restitue, une génération plus tard, l'authenticité de cette passion et sa part de gloire, même chimérique. C'est la beauté mélancolique de cet irréel du passé : si ma mère avait écrit, elle serait devenue un grand écrivain. La carrière de Suzanne n'a donc pas disparu de la mémoire familiale. Elle la structure au contraire avec la puissance du fantasme.

À Louise de prendre la plume à présent. De la venger. Et de faire entendre, en filigrane de la sienne, la voix muette de l'écritoire.

« Sa langue est liée »

On n'hérite cependant pas sans difficultés d'un désir avorté. Que faire d'une disparition consentie ? D'une éclipse dont on est soi-même complice ? C'est toute l'ambiguïté du silence de Suzanne. Sa fille prétend la venger, mais de quoi, sinon de son propre renoncement au plaisir d'être auteure ? Suzanne a paradoxalement choisi l'obscurité ; la seconde place, l'ombre éternelle du grand homme. Pire encore, elle les a aimées. La liberté, l'audace, la désobéissance : ces gestes n'évoquent pour elle que le scandale de la jeunesse et sa coupable insolence. Suzanne n'a jamais supporté ces plantes, comme elle l'écrit dans sa langue végétale, qui croissent si vite qu'elles envahissent la serre, consomment tout l'oxygène et étouffent bientôt les espèces plus discrètes et qui se contentent d'une modeste lumière.

La mère ne laisse pas à sa fille un désir enfoui, qu'il suffirait ensuite de réhabiliter. Elle lui transmet au contraire un interdit assorti d'un devoir d'obéissance : respecte mes vœux et sois mon enfant idéal. Ma créature sublime. Tout ce que j'ai rêvé d'être. Louise entend dès lors deux injonctions contradictoires dans ce legs encombrant : imite-moi et dépasse-moi. Obéis et sois libre là où je n'ai pas su ou pas voulu l'être. L'écriture devient ainsi l'enjeu des passions les plus complexes entre les deux femmes. Faut-il que Louise y renonce, se conformant au devoir maternel et à son idéal féminin ? Ou qu'elle s'y consacre, voire s'y épanouisse, faisant fructifier l'intense apprentissage des premières années et réalisant peut-être le fantasme de sa mère ? Pour l'enfant, puis plus tard la jeune femme, la voie à suivre n'est pas claire, selon qu'elle se fie à la lettre du testament ou à ce que Suzanne n'y dit pas, mais que Louise entend malgré tout. Deux directions opposées s'ouvrent même devant elle : celle du devoir et celle de l'affranchissement ; du féminin et de sa transgression. Comment, en d'autres termes, devenir la fille rêvée de Suzanne ? En lui obéissant ou en la trahissant ? Il y a, face à un tel dilemme, de quoi devenir folle.

Ces questions traversent déjà l'éducation littéraire que Suzanne donne à son enfant. Rigoureuse et précoce, cette école ne laisse dans l'ombre aucune code, ni aucune exigence. Suzanne, en plongeant Louise au milieu des livres et des mots, veille au contraire à ce que sa fille acquière très tôt, et avec la plus grande maîtrise possible, le bagage rhétorique et ces subtilités qui lui ont cruellement manqué lors de sa propre arrivée à Paris. Suzanne y est alors l'étrangère *transplantée* : l'adjectif, récurrent dans les commentaires de l'époque, dit assez la cruauté des élites parisiennes, toujours prêtes à brandir l'arme du ridicule contre la moindre différence, surtout quand elle touche l'instrument par excellence des salons : la langue. Or Suzanne, fraîchement arrivée de ses montagnes vaudoises, ignore tout du jargon de la mondanité. Brillante, elle dispose d'un impressionnant savoir et d'une soif d'apprendre qui lui permettent, en quelques années, de devenir une figure de premier plan des milieux progressistes. Mais la douleur de cet apprentissage lui a laissé de cuisantes blessures. Assez douloureuses encore pour qu'elle préfère, sa vie entière, les épargner à Louise. Sa fille devra donc s'exprimer à la perfection. Et écrire, dès ses premières années, de la manière la plus juste.

Leur correspondance constitue le passionnant laboratoire de cette initiation. Elle commence en effet très tôt : la première lettre qui nous soit parvenue de l'enfant Louise date de l'été 1776 ou 1778. Elle a entre dix et douze ans et s'adresse alors à sa mère qui l'a laissée pour quelques jours. Une étrange douleur émane de ces documents. Louise souffre évidemment de solitude et découvre avec effroi la maison parentale soudain immense et vide, avec ses couloirs sans fin et ses pièces recouvertes, en quelques heures, par une ombre glaciale. En Suisse, on dit qu'*il fait cru* pour désigner la morsure désagréable de ces atmosphères ; de ces lieux, à la fois humides et morts, dont la vie s'est retirée. Mais de plus singuliers fantômes s'ajoutent à ces peurs infantiles. Ils surgissent au moment de prendre la plume : Louise craint, plus que tout, de décevoir l'exigence maternelle. De ne pas trouver les mots exacts, ni de savoir distinguer, en rédigeant son courrier, l'événement important des trivialités du quotidien, cet « asticotage minutieux » qui dégoûte la fillette autant qu'il risque de contrarier sa mère. La relation maternelle prend ainsi très tôt des allures d'examen. Suzanne est avant tout une préceptrice qui s'intéresse moins aux sentiments de sa fille qu'à sa manière de les exprimer. En témoigne l'intransigeance de ses retours : « Ta lettre est d'un bon enfant. [...] Mais ton style est un peu trop monté. Ne sors point ainsi au dehors de toi pour me louer et me caresser. C'est un défaut de goût commun à ton âge », souligne-t-elle. Louise travestirait donc la réalité. Ses formules manqueraient de naturel, de simplicité et, ajoute Suzanne, de « ce caractère de vérité qui se perd dans les comparaisons tirées de trop loin ». L'écriture prend ici explicitement le pas sur la tendresse et la sollicitude pour l'enfant. Non seulement cette dernière doit se méfier de ses faiblesses, mais elle découvre aussi la duplicité du langage et le hiatus inévitable qui sépare les sentiments de leur formulation : « Je craindrais qu'en écrivant, je ne voulusse retrancher un mot ; je sens qu'il me serait impossible de tout dire », avoue-t-elle encore cet été-là.

Un faisceau d'angoisses submergent ainsi la plume de Louise lorsqu'elle découvre l'écriture. La peur d'en trop dire, de n'avoir rien à dire, de mal dire ou de dire malgré soi transforment son apprentissage, sous la férule de Suzanne, en une douloureuse ascèse mêlant l'exigence rhétorique et l'extinction raisonnée des passions. La phrase parfaite, chez Necker, relève autant du style que du caractère, tous deux rigoureusement modérés tant la mesure garantit seule, aux yeux de Suzanne, la réussite de l'ouvrage. Pas d'excès, ni d'emphase ou d'exaltation. La passion représente au contraire une faute de goût, voire une vulgarité et une inconvenance incompatibles avec la modestie féminine. Rien n'est pourtant plus opposé au tempérament de Louise. Émue, exaltée, submergée même par ses émotions, cette dernière moule au contraire ses premières phrases sur ce torrent d'affections qui s'emparent d'elle et lui inspirent une langue à la fois vivante et subjective ; qui épouse ses élans, vibre avec ses questions et s'indigne, s'inquiète ou s'enthousiasme au gré de ses humeurs. Or cette syntaxe enflée et ces phrases qui s'allongent, se suspendent et s'enflamment sont sévèrement réprouvées par Suzanne. Elle les juge non seulement incorrectes, mais inquiétantes, voire pathologiques si l'on en croit les conseils qu'elle prodigue à sa fille. Cette dernière doit et corriger son style et contenir ses émois, autrement dit surveiller étroitement son caractère afin de censurer les écarts qui menacent d'y ressurgir à chaque instant. Contrôle-toi, répète Suzanne à chacune de ses réponses : « La fin de ta lettre est plus tendre et plus raisonnable, et dans toutes ces disparates, ma tendresse se flatte d'apercevoir les derniers soupirs de la déraison », précise-t-elle en commentant l'une des lettres inquiètes de cet été 1778. « Disparate » : le mot dit assez la condamnation du moindre déséquilibre à ses yeux. Le risque du désaccord et de la rupture qui menace autant l'esprit de la fillette, seule face à ses tourments, que son style emporté. La folie constitue donc le spectre explicite de l'écriture ; son envers toujours là ; et l'autre voix qu'il faut apprendre à dompter.

Les premières pages de Louise naissent au terme de cette genèse torturée. Pas de plaisir, de jaillissement, ni d'enthousiasme spontané sous sa plume. Elle apprend la contrainte, l'interdit des passions et la peur de l'excès dès qu'elle ne retient plus son naturel. Elle a pourtant un profond besoin de ce tête-à-tête avec les phrases ; de leur exigeant miroir où consigner chaque jour ses angoisses avant de découvrir, dans la lutte pour les nommer et tenter de circonscrire leurs assauts, l'apaisement d'avoir dressé une digue, même provisoire, contre leurs énormes vagues noires. L'intransigeance maternelle cependant, et la peur de l'échec, paralysent fatalement sa plume : « Ah ! maman, ma chère maman, corrigez-moi », lit-on dans une de ses lettres. L'écriture, à peine lancée, se heurte donc aux interdits érigés par la mère. N'est-ce pas elle pourtant qui a tout fait pour que sa fille écrive ? Pour qu'elle se plonge, le plus tôt possible, dans les méandres du langage et s'en approprie les nuances ? C'est tout le paradoxe de l'école de Suzanne : elle encourage et bride à la fois. Certes, sa fille doit impérativement savoir écrire et maîtriser jusque dans ses moindres détails l'éventail des styles. Mais si elle s'avisait de publier ? De devenir une *femme auteur* ? Rien ne serait alors plus transgressif, ni plus périlleux. Pour elle, comme pour la réputation de sa mère et celle de sa famille. Suzanne, incapable de choisir entre les différents rêves qu'elle nourrit pour sa fille, la soumet donc à un programme illisible faute d'avoir préalablement démêlé le nœud de ses propres désirs : écris et n'écris pas. Rejoins-moi à l'écritoire et éloigne-t'en à jamais. La plume encore timide de Louise, partagée entre la crainte et l'enthousiasme, n'a dès lors pas d'autre choix que d'accepter ce défi déraisonnable. D'affronter, face à la page, les deux vents contradictoires qui viennent tordre ses voiles : l'élan et la rétention, l'expression et l'interdiction.

La folie ne surgit donc pas par hasard au moment où Louise ose enfin exister comme auteure. Elle est au contraire son encre naturelle. Le scénario parfait pour retracer la lutte acharnée qu'elle a dû livrer contre les ténèbres : les siennes et celles de sa mère. Cette naissance rencontre bien sûr un contexte esthétique particulièrement favorable : en cette année 1786, le succès de la comédie lyrique de Marsollier des Vivetières, *Nina ou La Folle par amour*, met les égarements féminins au cœur des préoccupations et la déraison à la mode. Il n'empêche : les trois nouvelles de Staël racontent une tout autre histoire. Non plus celle d'un amour impossible ou d'un mariage brisé par l'interdit parental, mais l'arrachement et la violence que représente l'entrée en écriture. La dépossession de soi, à la fois grisante et terrifiante, qui l'accompagne : la déraison s'emparant du sujet quand, pour la première fois, il laisse advenir des mots inconnus, des rêves enfouis et des trames imaginaires dont il ignorait jusqu'à l'existence.

C'est ce qui distingue singulièrement ces trois Folles de leurs homologues contemporaines. La plupart des auteurs exploitent surtout le type pathétique de Nina, symbole de l'être dépossédé de son existence par les préjugés et les contraintes sociales. Or Staël ajoute à ce motif amoureux, au cœur des débats du temps, un drame beaucoup plus original de l'expression : ses héroïnes souffrent de ne pas trouver les mots. De ne pas réussir à prendre la parole, ni à verbaliser leurs souffrances. C'est l'un des leitmotive de ses trois textes : « une puissance surnaturelle semblait lui lier la langue », lit-on dans *La Folle de la forêt de Sénart*, tandis que la folle du Pont-Neuf avoue avoir la « langue liée » et ne plus pouvoir « composer » : « je ne lis plus, je faisais des vers aussi quand j'étais jeune, car on disait que j'avais de l'esprit », avoue-t-elle. L'imbécille d'Allemagne, quant à elle, au terme de la visite qu'elle reçoit, se mure, après plusieurs phrases déroutantes, dans un babil incohérent : « Charlotte n'y était plus, elle parlait de mille objets étrangers à la conversation. »

Ce langage désaccordé constitue la principale innovation de Staël : ses « folles » ne sont pas seulement des amoureuses violemment contrariées par la loi des pères qui sévit sous l'Ancien Régime ; elles sont avant tout des aphasiques, des lèvres cousues, des discours bridés attendant douloureusement leur délivrance. « Questionnez-moi, cela m'aidera », supplie la folle de la forêt de Sénart. Sa requête s'adresse alors au narrateur qui la surprend pendant son sommeil et à qui elle avoue son impossibilité d'accoucher de ce qui la tourmente : « Vous voyez, me dit-elle, je pense, je pleure, mais je ne peux plus parler. » Staël s'approprie ici la question psychique pour l'infléchir, non sans audace, vers une quête plus métaphysique et qui lui tient surtout très à cœur : le droit d'écrire quand on est une femme. Son antichambre obscure et douloureuse. Ce qu'il coûte et doit à l'inconnu. Elle le sait d'autant mieux qu'elle accomplit elle-même, pour rédiger ses trois nouvelles, un voyage éminemment transgressif. Aux frontières de la déraison même puisqu'elle y découvre la complexité des sentiments filiaux. Et s'il fallait, pour aimer vraiment son père et sa mère, apprendre à leur désobéir ? La fille idéale serait alors non pas celle qui *ressemble* à ses parents, pour reprendre une angoisse qui hante véritablement ses trois folles, mais celle qui s'écarte au contraire de leur modèle pour tracer sa propre voie. À moins que cette dernière ne lui soit inconsciemment suggérée. La folie serait alors l'autre nom de cette étrange séparation familiale ; l'odyssée d'une différence, d'abord douloureuse et laissant craindre que les parents n'aiment peut-être plus cette fille devenue auteure malgré eux ; puis assumée, une fois la fille libérée des surmois familiaux et capable d'accomplir « sa destinée », comme Staël l'écrit au fil de son œuvre. C'est ce que suggère déjà la langue française : une seule voyelle distingue en effet le mot « fille » de celui de « folle ». Comme si le glissement de l'une à l'autre était implicitement programmé par cette troublante paronymie. Comme si la liberté féminine, si difficile à conquérir, exposait toujours au risque de l'aliénation.

Le non du père

Rien d'étonnant dès lors si l'angoisse des mots au cœur des trois *Folles* de Germaine de Staël engage, outre le droit à la parole et son prix pour une femme, la question de l'identité. Qui est Louise Necker après avoir osé l'écriture ? Après avoir transgressé la loi du père et réveillé la voix de la mère ? Ce sont en effet tous les fondements de son être qui vacillent dès qu'elle devient auteure. À commencer par sa place au sein de la famille, auparavant centrale et stable, mais qui désormais ne soulève plus que d'inquiétantes interrogations. Me reconnaîtront-ils ? Ne leur suis-je pas devenue étrangère ?

Cette angoisse constitue l'un des fils directeurs de ses nouvelles. Elle surgit notamment à l'ouverture du dialogue oppressant qui se noue entre l'héroïne et le narrateur de *La Folle de la forêt de Sénart* : « N'avez-vous pas, lui dis-je, des amis, des parents qui vous accompagnent, qui vous consolent ? – Des parents ! me répondit-elle ; oui, j'ai mon père et ma mère, mais je les ai quittés ; vous sentez bien que je devais les quitter. – Les haïssez-vous ? lui dis-je. – Moi, les haïr ! Ah ! Dieu, s'écria-t-elle, je les aime ; c'est pour cela que je les ai quittés. » L'angoisse de la séparation, légitime chez toute jeune femme de vingt ans, s'accompagne ici d'une expérience beaucoup plus troublante de l'altération. Les sentiments, les modèles affectifs et jusqu'aux repères géographiques de la protagoniste disparaissent simultanément, la plongeant dans une confusion dont la folie est à la fois la métaphore et le symptôme. Que signifie quitter ses parents par amour, sinon affronter l'épreuve déchirante de la maturité et les métamorphoses auxquelles elle nous invite ? En témoignent les formules bouleversantes des Folles de Germaine de Staël : saisies dans cet étrange moment où il leur faut franchir ce seuil complexe de l'existence, toutes vivent une mutation d'autant plus déstabilisante qu'elle permet à la fois leur naissance d'écrivain et l'émergence d'une nouvelle identité qu'elles doivent s'approprier. « Composez-vous quelquefois ?

– *Oui, je me compose, et c'est là un grand ouvrage* », lit-on dans *La Folle du Pont Neuf.* L'écriture, dans le choix de ces mots stratégiquement soulignés par l'auteure, s'éloigne ici de la seule la sphère esthétique pour transformer en profondeur une créature soudain placée tout entière, par l'audace de son geste, en devenir. Or c'est ce cheminement complexe vers l'inconnu, mélange de promesse et d'adieu au royaume de l'enfance, que retracent précisément les nouvelles de Germaine de Staël : « Il faut que je me quitte », déclare encore la folle du Pont-Neuf.

L'intensité d'une telle expérience, aussi vertigineuse que sidérante, paralyse sans surprise l'esprit des héroïnes, bientôt plongées dans la nuit et incapables de reconnaître jusqu'à leur identité sexuelle. Sont-elles même encore des femmes ? C'est l'autre coup de force des trois Folles de Germaine de Staël que de soulever, avec une singulière acuité, la question de la féminité et plus encore de la féminité de celles qui écrivent et surtout publient. La différence des sexes fait évidemment l'objet d'intenses débats médicaux, philosophiques et politiques à la fin du XVIIIe siècle, au moment où Staël compose ses propres nouvelles. Mais outre que les Lumières, malgré leurs ambitions émancipatrices, consacrent paradoxalement une conception essentialiste des sexes, puisqu'elle est désormais déterminée par la médecine et par une définition anatomique du masculin et du féminin, la mode des folles, au théâtre comme à l'Opéra comique, s'illustre par l'absence de toute réflexion critique en la matière. Alors que les biologistes et les encyclopédistes tentent encore de comprendre l'énigme du féminin, les Folles se contentent souvent de perpétuer, d'une pièce à l'autre et d'une parodie parisienne à sa reprise sur les théâtres européens, les stéréotypes sexuels les plus éculés : la femme y est toujours jeune, naïve, fragile et subjuguée par ses sentiments. Son existence reste essentiellement affective et le mariage constitue donc l'étape décisive de son parcours. Il survient cependant un premier drame sur la scène, à l'origine de l'intrigue et qui s'apparente à une subversion pionnière sous l'Ancien Régime : la folle le devient « par amour », autrement dit parce qu'elle revendique le droit d'aimer et de choisir son époux, là où la tradition du mariage arrangé impose à toutes la loi unique des pères et des familles. Ce motif pourtant, s'il répond directement aux inquiétudes d'une époque contestant de plus en plus le scandale de ce que Staël nomme elle-même « les unions mal assorties » dans *Delphine*, ne remet pas en cause les représentations topiques du féminin. Nina et ses sœurs revendiquent certes la possibilité de choisir désormais l'homme dont elles vont partager la vie ; mais leur dépendance affective, leur sensibilité extrême et le lien prétendûment étroit entre leurs organes et leur esprit ne font quant à eux l'objet d'aucune suspicion. Les folles par amour s'attaquent aux perversions du mariage, institué en instrument d'asservissement sous l'Ancien Régime, et ce quel que soit le niveau social de l'épouse. La dot le rappelle : riche ou pauvre, aucune femme n'est jamais l'actrice de ses noces. L'identité féminine en revanche, ainsi que ses hypothétiques fondements, y demeurent rigoureusement inchangés. Qu'est-ce qui définit une femme ? L'est-elle par son corps ou par les constructions sociales qui forgent implicitement son identité, et ce dès la première éducation transmise au sein de la famille ? Autant d'interrogations systématiquement occultées par les folles à la mode, tandis que Germaine de Staël choisit, avec d'autant plus de courage qu'elle commence alors sa carrière, de les inscrire au cœur de ses intrigues.

De quoi ses héroïnes souffrent-elles en effet, outre leurs difficultés à s'exprimer ? D'un corps anonyme, véritable masse informe qui les leste, les encombre, quand il ne leur inspire pas un dégoût si violent qu'elles cherchent à tout prix à le dissimuler. De l'obsession du voile dans *La Folle de la forêt de Sénart*, où la jeune femme redoute la violence intrusive du regard sur sa chair, à l'impossible unité d'un physique morcelé, dans *La Folle du Pont Neuf*, entre « le cœur » et « la tête », les personnages imaginés par Staël ont tous perdu jusqu'à la perception physique de leur identité. Leur peau, leurs yeux, leur silhouette même, si l'on songe à la « femme d'une taille énorme [...], aux traits épais, les yeux à moitié cachés par ses joues » qui reçoit le narrateur dans *L'Imbécille d'Allemagne*, traduisent l'impossibilité pathologique, au sein de ces trois nouvelles, d'assumer la dimension incarnée de l'existence. Qui être ? lit-on de manière lancinante sous la plume de Staël. Aucun doute que la question soulève aussi crucialement chez elle, en 1786, celle du rapport au corps, aussi bien du sujet avec sa propre chair que de ce même sujet face à l'autre lorsqu'un individu, familier ou inconnu, l'envisage physiquement ou lui adresse simplement la parole. C'est donc bien une relation problématique au masculin comme au féminin que les *Folles* de Staël mettent en scène. À rebours des clichés du temps et de leurs identités immobiles, ses héroïnes explorent au contraire les difficultés d'un *devenir femme* si douloureux et si complexe qu'elle les laisse désorientées, incapables d'habiter leurs corps et de se situer sereinement face à l'autre.

Sans doute les *Folles* réveillent-elles ici l'un des derniers fantômes de l'écritoire. À côté des livres empêchés de la mère y gisent en effet les mots du père, ces phrases prononcées lorsqu'il découvre sa fille de dix-neuf ans une plume à la main et lancée sur la voie de cette carrière qu'il réprouve cependant. Ces paroles de Jacques Necker sont devenues célèbres. Elles ont profondément marqué la mémoire de Staël, qui les consigne dans son Journal, comme celle de ses biographes qui y ont vu l'un des nœuds fascinants de la « singulière famille ». Nous sommes le 10 août 1785. Louise vient de livrer sa propre version du renoncement littéraire de Suzanne. Elle ajoute alors : « Mon père ne peut pas souffrir une femme auteur, et depuis quatre jours seulement qu'il me voit écrire son portrait, l'inquiétude lui prend déjà et m'appellerait dans ses plaisanteries : "Monsieur de Saint-Écritoire" ». Deux informations essentielles sont ici données pour la première fois, et qui pourraient bien constituer une matrice des trois *Folles* : la colère ou la haine que suscite la femme qui écrit chez l'homme pourtant modéré qu'est Jacques Necker et la virilisation problématique de toute fille qui choisit malgré tout cette activité. Si tu écris, tu m'insupportes. Et tu n'es plus une femme. Beaucoup d'encre a coulé sur ce « Monsieur de Saint-Écritoire » : on l'a dit affectueux, tendre et complice. Il l'est sans doute et l'on y reconnaît aisément la trace du lien privilégié, mélange d'amour et d'admiration, qui a toujours uni la fille à son père. Mais la tournure reste étrange et sonne malgré tout comme un avertissement : devenant auteure, tu perdras ton identité sexuelle et erreras, ta vie entière, entre féminin et masculin. À lire la douloureuse trajectoire des trois Folles, promenant leurs questions de forêts en ponts et tragiquement nomades faute d'avoir jamais une chambre à elle, l'écriture est bien promesse d'instabilité chez Germaine de Staël. De liberté, mais au prix d'une errance qui reste, jusqu'au bout, la signature de sa vie.

Rien ne la fait pourtant renoncer à l'aventure. C'est peut-être l'un des plus impressionnants secrets de ces trois Folles : la douleur qu'elles charrient, comme l'histoire complexe qui les précède, y deviennent une fiction capable de parler à tous en conjurant les spectres du passé. Et ils sont nombreux. 1786 est aussi l'année du mariage de Louise Necker. L'année où elle expérimente, outre l'union mal assortie qui va lui donner pour époux jusqu'en 1802 Eric de Staël-Holstein, l'ambassadeur de Suède en France, le traumatisme du changement de nom. Qui est-on en devenant Germaine de Staël ? Qui est-on lorsque l'ombre de Louise, prénom de la jeunesse intime, s'éloigne au profit d'une nouvelle femme procédant elle-même à son baptême d'auteure ? Une créature libre, mais aussi tourmentée. Grisée par son affranchissement et redoutant sans cesse qu'il ne lui coûte le bonheur, l'attachement de ses parents et leur reconnaissance, au sens le plus fort du terme. Ces drames pourtant et cette quête personnelle, Germaine de Staël choisit de les retracer sans pathos, ni invraisemblance. Ses Folles ne se veulent pas des créatures monstrueuses, ni des victimes exceptionnelles, mais des jeunes femmes banales, en proie à des combats intimes qui sont aussi ceux de toute la jeunesse des Lumières. C'est la raison pour laquelle leurs paysages nous sont à la fois proches et familiers : la forêt de Sénart, en Seine-et-Marne, l'hôtel de la Monnaie à Paris ou les environs de Stuttgart, autant d'espaces réalistes qui inscrivent la trajectoire des Folles au plus proche de la nôtre. Parce que leur déraison se veut une « histoire véritable », comme l'indique le sous-titre de *La Folle du Pont Neuf*.

Germaine de Staël réussit ainsi à capter l'envers obscur de toute conscience, plus que des pathologies singulières. Il y a dans le spectacle de la matière et de la nature, écrit-elle dans *De l'Allemagne*, un perpétuel combat de forces et de passions : le génie y côtoie l'égarement, la vie la mort et l'enthousiasme la destruction. Souvent pourtant, ce miroir de nos royaumes intérieurs nous effraie. En vain. « Quand les ténèbres nous épouvantent, ce ne sont pas toujours les périls auxquels ils nous exposent que nous redoutons, mais c'est la sympathie de la nuit avec tous les genres de privations et de douleurs dont nous sommes pénétrées », lit-on dans les dernières pages de *De l'Allemagne*. Rien ne vaut le regard lucide et bienveillant sur nos violences. Les trois Folles de Germaine de Staël nous apprennent ainsi l'art d'apprivoiser sereinement les ténèbres. De préférer comme elles, aux illusions des Lumières, la sympathie de la nuit.

Trois nouvelles inédites de Germaine de Staël

La Folle de la forêt de Sénart

par madame la B... de St...

Je me promenais, il y a quelque temps, dans la forêt de Sénart, et mes rêveries m'avaient entraîné dans l'épaisseur des bois. J'étais importuné par l'éclat du soleil, et je cherchais un jour sombre comme ma pensée. J'aperçus à quelques pas de moi une femme endormie. L'imagination montée par plusieurs heures de solitude, cet événement fort simple me frappa ; je voyais tout avec émotion, et mon cœur attendri s'ouvrait à toutes les sensations. Je m'approchai d'elle. Ses cheveux épars couvraient une partie de son visage ; l'élégance de ses vêtements semblait annoncer un rang distingué ; mais il régnait dans sa parure un désordre que l'art n'avait point préparé, et qui semblait plutôt l'effet d'une agitation violente. Elle était jeune, je la reconnus aux formes de son visage ; mais cet éclat des fleurs, ornement du printemps de la vie, n'embellissait plus ses traits ; sa fraîcheur ne ravissait plus les yeux, l'expression de sa figure en faisait le charme ; sa beauté semblait toute morale, et c'était au cœur qu'on en recevait l'impression. Je la regardais avec attendrissement ; ses yeux fermés exprimaient encore la douleur, et son sommeil paraissait plutôt l'affaissement de la nature que son repos. Elle se réveilla d'elle-même, elle ne pouvait dormir longtemps ; en me voyant elle fit un cri, saisit précipitamment un voile épais qu'elle avait près d'elle, le jeta sur son visage et s'éloigna. Je la suivis :

« Madame, lui dis-je, apprenez-moi de grâce d'où naît l'effroi que je vous inspire.

— L'effroi ! me répondit-elle, l'effroi !... Non, c'est moi... ce n'est pas vous... vous restez, vous ne fuyez pas... Vous ne m'avez donc pas vue ?

— Pardonnez-moi, lui dis-je ; pendant votre sommeil j'étais près de vous.

— Hélas ! me répondit-elle, puisque vous m'avez vue vous allez me quitter. Mon voile ! mon voile ! pourquoi ne l'avais-je pas ? Celui-là m'aurait plaint, il a l'air sensible.

— Vous ne vous trompez pas, lui dis-je, Madame ; vous m'inspirez l'intérêt le plus tendre.

— C'est impossible ! s'écria-t-elle, c'est impossible ! Vous ne savez donc pas qu'on ne peut s'intéresser à moi, ou du moins c'est un instant, après on s'éloigne ; pendant cet instant-là je vous dirai tout... »

En achevant ces mots, elle se tut. Son voile mal rattaché me laissait apercevoir son visage. Une absence totale de pensées la plongea d'abord dans une rêverie vague et sans objet. Les mouvements de ses yeux ensuite exprimèrent successivement le retour de ses idées, mais les mots lui manquaient. Elle remuait les lèvres ; une puissance surnaturelle semblait lier sa langue ; elle faisait des efforts inutiles, et tous ses traits peignaient l'impatience et la douleur.

« Vous voyez, me dit-elle, je pense, je pleure, mais je ne peux plus parler ; questionnez-moi, cela m'aidera. Je ne sais par où commencer ; cependant il n'y a qu'une chose, qu'une seule chose à dire ; quand vous la saurez, vous saurez tout de moi.

Qui est-ce qui a plus d'une idée ? La vôtre à vous quelle est-elle ? La mienne je la sens partout ; ôtez-la moi, prenez-la ; quand vous en aurez deux, vous serez plus heureux, et moi je vous devrai tout.

— N'avez-vous pas, lui dis-je, des amis, des parents qui vous accompagnent, qui vous consolent ?

— Des parents ! me répondit-elle ; oui, j'ai mon père et ma mère, mais je les ai quittés ; vous sentez bien que je devais les quitter.

— Les haïssez-vous ? lui dis-je.

— Moi, les haïr ! Ah ! Dieu, s'écria-t-elle, je les aime ; c'est pour cela que je les ai quittés. Me voir est une peine, c'en est une ; oui, c'en est une ; vous le sentirez tout à l'heure… Si ce n'en était pas une, il m'aurait aimée ; pourquoi voulez-vous qu'il ne m'eût pas aimée ?

— Ah ! lui dis-je, cet homme-là sans doute est un barbare.

— Lui ! Quelle injustice ! s'écria-t-elle, ce n'est pas sa faute si j'inspire l'horreur ; mon âme, mon cœur lui conviennent ; il aurait voulu m'aimer, et je ne sais quel sort funeste l'entraînait loin de moi.

— Vous haïssait-il ?

— Oh non, me répondit-elle ; cela n'était pas si clair, et c'était tout de même. Quand je passais, il ne détournait pas les yeux, mais son cœur ne battait pas ; il me répondait, mais je voyais bien qu'il ne m'avait pas entendue ; il restait, mais ce n'était plus entièrement lui ; je le voyais toujours bon, sensible même ; mais c'était pour moi, ce n'était pas pour lui. Au reste, c'est tout simple ; si je n'avais pas ce voile, vous vous en iriez aussi ; car je fais peur. Je ne le savais pas. Voyez l'erreur des femmes ; je ne les croyais pas insensées… »

Elle se mit à rire alors, et cette nouvelle preuve d'égarement m'inspira plus de terreur que toutes les autres ; j'étais préparé à ses larmes ; mais cette expression de joie dans l'excès de la douleur en devint le plus horrible signe ; son visage, tout charmant qu'il était, me rappela ce souris qu'on croit apercevoir dans les traits de la mort, et qui semble produit pas une convulsion de douleur, ou par une sombre joie encore plus effrayante. Je n'essayai point de lui faire quelques vains compliments ; l'aurais-je rassurée par mes louanges ? Sa folie était au cœur, et mes paroles ne pouvaient y atteindre. Elle me tint alors plusieurs discours sans suite, mais cependant sans disparate ; et malgré la rapide succession des sentiments qui l'agitaient, une seule pensée causait son égarement, et la privation de toutes les autres prouvait la perte de sa raison.

« Vous me plaignez, me dit-elle, je le vois ; cela me fait du bien. Il me plaindrait, je crois, aussi ; mais cela ne serait pas de même, cela ne me consolerait pas. Cependant je ne suis pas si malheureuse ; car j'ai une espérance depuis un certain temps, depuis que j'ai quitté la maison de mon père ; depuis (me dit-elle en portant la main sur son cœur et la portant ensuite à la tête) que la pensée qui était là est aussi là, j'ai une espérance.

— Quelle est-elle ? lui dis-je avec empressement.

— Ah ! me répondit-elle, vous m'aiderez peut-être à la hâter. Comment fait-on, je le savais autrefois, je l'ai oublié ; comment fait-on pour dégager son âme de ce visage, de cette figure qui fait qu'on me fuit ? Car le moi d'ici (dit-elle en me montrant son cœur) il l'aimera, j'en suis sûre. Si vous saviez un moyen moins lent que le mien, dites-le moi, je vous en prie.

— De quel moyen vous servez-vous, lui dis-je avec effroi ?

— Ah ! me dit-elle, vous allez le savoir. Tous les jours il chasse de ce côté. Une nombreuse compagnie d'hommes, de femmes est avec lui ; plein de charmes, brillant de gaieté, il plaît à tous, il parle à tous ; moi je me cache dans une petite cabane et je le vois passer. D'abord je fuyais sa vue ; mais depuis que j'ai découvert que cela me faisait au cœur un mouvement qui semblait le séparer de mon corps, j'y retourne tous les jours ; quelquefois je crois que le moment est venu, je m'évanouis ; mais je reviens à moi, et cela m'afflige. Si vous savez une autre manière plus prompte, dites-le moi ; quelle serait ma joie alors ! Il m'aimera alors ! Mais vous ne me le direz pas ; déjà l'instant est passé ; déjà vous me haïssez... »

En achevant ces mots elle fondit en larmes. J'essayai de la calmer par les plus tendres expressions d'intérêt ; mais dans ce moment un cor retentit dans la forêt ; à ce son un tremblement universel la saisit ; les battements de son cœur soulevaient sa robe ; elle échappa de mes mains, et s'enfuyant avec une rapidité surnaturelle :

« Félicitez-moi, s'écria-t-elle, félicitez-moi, à mon émotion, à mon saisissement ! Je le sens, je le crois, l'instant de la délivrance est arrivé ; c'est aujourd'hui, c'est aujourd'hui. »

La Folle du Pont Neuf

Histoire véritable

Je passais cette nuit sur le Pont Neuf, lorsque j'entendis une femme marchant derrière moi, dire à plusieurs reprises, *il lui ressemble*. Ces mots m'arrêtèrent, je laissai à cette femme le temps de me devancer, mais en passant devant moi, elle me fixa avec tant d'attention disant encore, *comme il lui ressemble*, que j'imaginai d'abord tout ce qu'on peut croire de semblables rencontres, mais regardant à mon tour cette femme, je crus voir à son air de mélancolie et de douceur qu'elle n'était rien de tout ce que je pouvais soupçonner. Ainsi pour satisfaire ma curiosité, je pris le parti de la saluer, et je commençai avec elle la conversation suivante.

« Allez-vous bien loin, Madame ?

— Non, Monsieur, pas bien loin, oh je ne me trompe pas, *il lui ressemble.*

— Pardonnez-moi, Madame, si j'ai pris la liberté de vous aborder, mais ces mots que je vous ai entendu répéter…

— Oui vous les avez entendus, oh je le crois bien ; puisque vous lui ressemblez. »

Je m'aperçus bientôt que cette malheureuse femme avait la tête dérangée, mais elle m'inspira tant d'intérêt que je me mis à marcher avec elle.

« Voyez-vous la lune, me dit-elle tout à coup ? Eh bien autrefois je la regardais avec tant de plaisir, elle ne me parle plus. »

En prononçant ces derniers mots elle pleura, et ses accents étaient si vrais, ses pleurs sortaient d'un abîme si profond que je pleurai aussi.

« Demeurez-vous seule, Madame ?

— Non, j'ai un père et une mère.

— Êtes-vous mariée ?

— Oui.

— Votre mari vous rendrait-il malheureuse ?

— Oh non, c'est un honnête homme, mais... Écoutez-moi, il n'est pas bon à servir de spectre. Vous m'entendez, je vois dans votre cœur que vous m'entendez. »

Après avoir dit cela, elle s'arrêta, et elle leva les yeux au ciel. Puis tout à coup : « Les barbares ! Il y a quelque temps que là-bas on a tout dérangé. » Nous étions au milieu du Pont Neuf et elle me montrait les nouveaux bâtiments de la Monnaie.

« Ces pierres blanches ne disent plus rien. On croit que cela ne fait rien de déranger des pierres, mais pourtant cela fait mal. Le cœur ne sait plus où se poser. »

Je l'écoutais, et il me semblait que cela voulait dire que l'objet qu'elle pleurait avait habité une maison qu'on avait détruite pour bâtir la Monnaie. Je me disais : oui, voilà le fil. Je tiens le fil. Je voulus le renouer. Elle ne m'entendait plus, il était déjà brisé. Je cherchai, je pensai, je ne savais plus comment me rapprocher d'elle.

« Êtes-vous, Madame, toujours occupée d'une seule idée ?

— Je sais bien (*en souriant*) ce que vous voulez dire. Mais remerciez avec moi cette Providence qui fait aller tout ce que vous voyez, car en laissant tout le travail ici (*mettant la main sur son cœur*) elle ôte en même temps tout cela (*montrant sa tête*), mais je ne fais de mal à personne, et ce père, cette mère, ils me laissent vivre.

— Vos parents sont-ils à leur aise ?

— Oui, ils ne vivent du bien de personne.

— Vous n'avez pas d'enfants ?

— Des enfants, il faut en avoir quand ils ressemblent, mais s'ils ne ressemblent pas, que sont-ils ? Non, je n'ai pas d'enfants.

— L'objet que vous paraissez tant regretter faisait sans doute votre bonheur ?

— *Je l'aimais.*

— Quelles sont vos occupations, Madame ?

— Je regarde.

— Et que regardez-vous ?

— Rien.

— Comment, toute la journée, vous ne faites que regarder ? Un jour vous paraît donc bien long ?

— Oh non. Je regarde comme si je l'attendais et je ne m'ennuie pas. Je lisais autrefois, mais aujourd'hui je chasse de ma mémoire tout ce qui peut l'effacer, je ne lis plus, je faisais des vers aussi quand j'étais jeune, car on disait que j'avais de l'esprit. Si vous en commenciez, je les finirais bien. Vous voyez comme ma tête est penchée, avez-vous vu des joncs que le vent a courbés, ils étaient droits aussi.

— Composez-vous quelquefois ?

— *Oui, je me compose, et c'est là un grand ouvrage.* Dès que le spectre paraît, il faut que je me quitte, et toujours de même je suis obligée de me recommencer. Cependant il ne peut plus me parler que par les autres, il est toujours là qui les attend, quand il s'attache à quelqu'un, oh comme je le sens bientôt ! (*Cependant nous avancions de l'autre côté du quai*) Ah ! Ce clocher, me dit-elle tout à coup et comme agitée d'un sentiment plus vif, voyez-vous ce clocher ? (*C'était le clocher de Saint Gervais*). Que j'aime à le voir ! Ils le dérangeront peut-être aussi, et il faudra que je tombe avec lui, – *tout est là – ailleurs il n'y a plus que moi.* Est-ce qu'il est mort ? Non – il n'est pas mort. C'est lui qui vit, et c'est moi qui suis morte. »

Et elle pleurait à sanglots. Je voulus la questionner. Elle riait, elle était égarée, et je sentis encore une fois que le fil s'était rompu. L'infortunée ! C'était là sans doute que reposait la poussière de ce qu'elle avait aimé. Je repris :

« Madame, votre situation me fait bien de la peine.

— Et à lui aussi. Oh qu'il est pénible de ne pouvoir plus s'entendre ! Et il voudrait venir, et il ne peut venir, il voudrait me parler, et sa langue est liée. Ô s'il me parle jamais, je deviendrai calme.

— Mais vous le voyez donc ?

— Si je le vois ! Je n'ai jamais cessé de le voir, même après qu'il s'est enfoncé, il est là, toujours là, plus près que vous, il prie ceux qui lui ressemblent de me parler pour lui. Les autres ne comprennent rien à cela, mais vous, vous m'entendez puisque vous lui ressemblez.

— Mais, Madame, vous devez craindre d'aller ainsi seule.

— Moi craindre ? *Nous sommes toujours deux.*

— Mais il est tard, la lune se cache et la nuit...

— La nuit, que me fait la nuit ? *N'est-il pas toujours nuit ?* »

Ses larmes recommencèrent, et elle se mit à rire, à gesticuler, à courir. Je voulus la suivre, elle étendit le bras, et je sentis apparemment dans ce geste qu'elle faisait peut-être au hasard l'autorité du malheur, car je m'arrêtai, et je restai appuyé sur la marge du quai la suivant des yeux et du cœur, jusqu'à ce qu'elle eût disparu.

L'Imbécille d'Allemagne

Je faisais un voyage il y a quelque temps avec une jeune dame de mes parentes, nous étions fort pressés de revenir à Paris et je vous avoue que je comptais avec impatience le temps qu'il fallait pour arriver. En passant à Stuttgart, on nous dit que Charlotte dont il est tant parlé dans le roman de *Werther* était dans un village à vingt lieues de la ville. À cette nouvelle, ma jeune parente se passionne, et veut absolument aller voir Charlotte. Je suis bien aussi romanesque qu'un autre, mais il m'en coûtait de retarder mon retour à Paris. J'alléguai la distance. « Quoi, me dit-elle, un homme à trente ans calcule les distances quand il s'agit de voir l'intéressant objet de la plus vive passion du monde ? » Je sentis mon tort et je cédai, nous allâmes donc à ce village qu'habitait Charlotte. Le premier soin de ma jeune parente fut de demander où demeurait Charlotte, comment on pouvait la voir.

« Hélas, Madame, dit la maîtresse de l'auberge, il faut que vous preniez la peine d'aller chez elle car elle ne peut plus marcher.

— Voyez, me dit Mme de C., l'état où le sentiment peut réduire.

— Ah oui, continua la bonne femme, elle est tellement engraissée qu'elle ne peut plus marcher. »

Mme de C., un peu consternée par cette réponse, demanda cependant si sa tristesse se faisait remarquer.

« Ah ! Madame, cette pauvre dame a perdu la raison.

— J'en étais sûre, s'écria Mme de C.

— Il y a deux ans qu'elle est imbécille.

— Imbécille, répéta Mme de C. N'importe, c'est l'amour sans doute qui en est la cause. La mort du jeune Werther…

— Cela se peut, dit la bonne femme, mais c'est quinze ans après que cela lui est venu. »

Les réponses de cette bonne femme avaient un peu refroidi ma jeune parente. Cependant elle voulait voir ce qu'elle était venue chercher. Elle ne pouvait se résoudre encore à renoncer à son romanesque enthousiasme, et nous partîmes pour nous rendre à la maison de Charlotte. En entrant chez elle, nous vîmes à table une femme d'une taille énorme dont les couleurs rouges et vives ne rappelaient sûrement pas la fraîcheur de la jeunesse, les traits épais, les yeux à moitié cachés par ses joues, et ce qu'on en voyait était plus propre à exprimer la joie de la bonne santé que la douce sérénité de l'âme. Mme de C. s'approcha d'elle, je voulus m'avancer, mais elle me fit signe de la main de ne pas approcher et recula sa chaise dans un coin obscur de la chambre. Mme de C. lui demanda la raison de l'éloignement qu'elle me montrait. « Comment, dit-elle, vous ne savez pas ? Je vais vous dire. C'est qu'on ne peut pas me voir sans être amoureux de moi, vous entendez bien, et c'est pour cela que je me cache, moi je ne veux de mal à personne, s'il allait se tuer cela me ferait de la peine, ce serait dommage. » Je fis ce que je pus pour la rassurer, et véritablement le danger que je courais n'était pas grand. Mme de C. était prête à rire, mais elle se le serait reproché toute sa vie. Elle se retint. « Regrettez-vous beaucoup, lui dit-elle, le jeune Werther ? – Ah, pour cela oui, répondit-elle, c'était le meilleur garçon du monde, si occupé de nos affaires, si actif. Depuis sa mort, rien ne va, il est vrai aussi que je ne me mêle de rien, moi qui ne peux pas voir un homme. C'est pourtant contrariant d'être gêné à ce point-là », et un rire ou plutôt un ricanement succéda à ce discours.

« Est-il vrai, lui dit Mme de C., que son tombeau est dans votre jardin ?

— Ah, oui, dit-elle, je serai bien heureuse quand je pourrai y retourner, l'exercice m'est si nécessaire. »

Mme de C. perdait patience, mais de temps en temps, elle se retournait vers moi. « Égarement d'esprit, me disait-elle, c'est clair. » En effet elle voulut continuer à lui faire des questions, mais Charlotte n'y était plus, elle parlait de mille objets étrangers à la conversation, mais je remarquai que les mots qu'elle prononçait n'étaient pas d'un style fort relevé et ne supposaient pas assurément des souvenirs fort sensibles. Mme de C. voulut encore l'interroger.

« Mais, lui dit-elle, vous doutiez-vous de la funeste résolution de Werther ?

— Hélas oui, dit-elle, je prévoyais bien que ce pauvre garçon finirait par là, je le lui disais tous les jours, ce pauvre malheureux, Dieu veuille avoir son âme.

— Et n'avez-vous pas tout tenté pour le détourner de ce fatal projet ?

— Oh, pour cela oui, je lui ai bien dit qu'il ferait bien mieux de ne pas se tuer, que cela n'avancerait à rien, mais il l'avait mis dans sa tête. C'est un sort que cela. Si ce Monsieur allait en faire autant… Madame, je vous en prie, qu'il ne me regarde plus.

— Est-ce vrai, lui dit Mme de C., que c'est vous-même qui lui avez envoyé le fusil dont il s'est servi pour se tuer ?

— Hélas oui, Madame, c'était pour lui faire plaisir, si j'en avais eu un meilleur, je le lui aurais donné, car je l'aimais bien.

— Et vous doutiez-vous…

— Oh non, Madame, je n'en avais qu'une idée confuse.

— Et quand vous sûtes sa mort…

— Ah ! Mon Dieu, répondit-elle, j'entendis tirer le coup, cela me fit une peur horrible. Je me serais trouvée mal je crois, si l'on n'était pas venu à mon secours. Tenez, Madame, voilà ce fusil, je le conserve toujours précieusement, et quand mon fils me dit que c'est avec ce fusil qu'il a tué le gibier que je mange, je lui trouve un meilleur goût. »

À ce dernier trait, Mme de C., indignée, s'élança hors de la chambre, monta dans sa voiture et retourna à Stuttgart sans prononcer une seule parole.

Remerciements

Ce livre fou n'aurait jamais vu le jour sans trois femmes qui ont cru en lui et m'ont aidée à le faire exister : Sarah Al-Matary, universitaire audacieuse, qui m'a présenté Élisabeth Samama, éditrice inspirée, qui a elle-même convaincu Sophie Berlin, éditrice passionnée, de tenter l'aventure.

À toutes les trois, et plus particulièrement à Élisabeth et Sophie pour leur patience, leur générosité et surtout leur confiance, je veux adresser mes sincères remerciements. Travailler avec elles a toujours été un plaisir et je dois à Elisabeth la chance d'avoir respiré le parfum de la liberté.

Je tiens aussi à rendre hommage à la lecture très éclairante d'Anne Verjus.

Et à la présence indispensable et stimulante de Magali Thireau, à qui ce livre doit tant.

Principales œuvres de Germaine de Staël

Germaine de Staël, *Mon Journal* (1785), *Cahiers staëliens*, n° 28, 1980, p. 55-79 et Paris, Gallimard, 2012.

La Folle de la forêt de Sénart, *La Folle du Pont Neuf*, *L'imbécille d'Allemagne* (1786), *Cahiers staëliens*, n° 52, 2001, p. 14-23.

Lettres sur les écrits et le caractère de Jean-Jacques Rousseau (1788), *Œuvres complètes de Madame de Staël*, série I, t. 1, Paris, Champion, 2008.

De l'Influence des passions sur le bonheur des individus et des nations (1796), Paris, Rivages Poche, 2000 et *Œuvres complètes de Madame de Staël*, série I, t. 1, Paris, Champion, 2008.

Des Circonstances actuelles qui peuvent terminer la Révolution et des principes qui doivent fonder la République en France (1798), *Œuvres complètes de Madame de Staël*, série III, t. 1, Paris, Champion, 2009.

De la littérature considérée dans ses rapports avec les institutions sociales (1800), Paris, Garnier-Flammarion, 1991 et *Œuvres complètes de Madame de Staël*, série I, t. 2, Paris, Champion, 2013.

Delphine (1802), Paris, Garnier Flammarion, 2000, Paris, Gallimard, Folio, 2017 et *Œuvres complètes de Madame de Staël*, série II, t. 2, Paris, Champion, 2004.

Corinne ou l'Italie (1807), Paris, Gallimard, 1985 et *Œuvres complètes de Madame de Staël*, série II, t. 3, Paris, Champion, 2000.

De l'Allemagne (1810), Paris, Garnier-Flammarion, 1968 et *Œuvres complètes de Madame de Staël*, série I, t. 3, Paris, Champion, 2017.

Considérations sur les principaux événements de la Révolution française (1818), *Œuvres complètes de Madame de Staël*, série III, t. 2, Paris, Champion, 2017.

Correspondance générale, éd. Béatrice W. Jasinski, Othenin d'Haussonville, Jean-Daniel Candaux et Stéphanie Genand, Genève, Slatkine, 2000-2017, 9 volumes.

Table

Sympathie de la nuit

Trois nouvelles inédites
de Germaine de Staël

Composition et mise en pages
Nord Compo à Villeneuve-d'Ascq

CET OUVRAGE
A ÉTÉ ACHEVÉ D'IMPRIMER
SUR ROTO-PAGE
PAR L'IMPRIMERIE FLOCH
À MAYENNE EN DÉCEMBRE 2021

N° d'édition : L.01EHBN001116.N001. N° d'impression : 99585
Dépôt légal : janvier 2022
Imprimé en France